Tote Seraphim

WIDMUNG

Gewidmet allen Menschen, die ihr Leben in persönlicher Freiheit verbringen möchten. Lasst uns gemeinsam gegen Unterdrückung aufstehen, Leben anderer respektieren, tolerant sein und uns gegenseitig helfen. Wir sind eine Menschheit.

ÜBER DEN AUTOR

Oliver Szymanski wurde in Dorsten in Nordrhein-Westfalen geboren. Parallel zum Abitur arbeitete er bereits als Selbstständiger im IT-Bereich. Er hat seinen Wehrdienst in einem Nato-Fernmelderegiment geleistet. Begleitend zu seiner Tätigkeit als IT-Berater studierte er Informatik an der technischen Universität Dortmund. Er ist als Dipl. Informatiker für Unternehmen als Berater, Trainer und Software-Architekt tätig. Privat skatet und snowboarded er gern, mag Kinogänge und Rollenspiele. Bereits seit dem zwölften Lebensjahr schreibt er Geschichten in seiner Freizeit, die zwar in sich abgeschlossen sind, aber bedeutsame Facetten eines eigenen Universums widerspiegeln. Über die Jahre hinweg ist er dazu übergegangen, statt der anfänglichen Kurzgeschichten vollständige Romane zu verfassen.

Oliver Szymanski

TOTE
SERAPHIM

...DIE EVOLUTION FÄNGT ERST AN...

Bibliografische Information Der Deutschen Bibliothek:
Die Deutsche Bibliothek verzeichnet diese Publikation in der
Deutschen Nationalbibliografie; detaillierte bibliografische
Daten sind im Internet über <http://dnb.ddb.de> abrufbar.

Die vorliegende Geschichte ist rein fiktiv. Jede Nennung von realen Personen ist rein
zufällig.

© 1996-2011 Oliver Szymanski
Umschlaggestaltung: Oliver Szymanski
Herstellung und Verlag: Books on Demand GmbH, Norderstedt
ISBN-13: 9783842376977

Im Internet unter: <http://www.oliver-szymanski.de>

DANKSAGUNG

Wer möchte schon Mensch sein?
Bei dem was Menschen tun.

PROLOG

Die Genetik hatte vieles geschaffen. Neues und verbesserte Versionen des Alten. Biologisch beste Ware. Niemand hatte mehr ein Problem damit, zumindest waren die Hilferufe der auf ewig naturverbundenen Konservativen leiser und weniger geworden.

Das Vereinigte Europa hatte einen sehr hohen und wichtigen Status in der Welt. An politischer Macht kamen dem nur die östlichen Staaten im Verbund und die Vereinigten Staaten von Amerika gleich. Die Europian Defence Army stellte eine starke Streitmacht für Verteidigungszwecke. Doch niemand dachte daran, wollte daran denken, dass einmal ein Konflikt zwischen den Großmächten beginnen konnte.

Die Geschichte, ein Teil der menschlichen Geschichte – nicht unbedingt Geschichte der Menschlichkeit – beginnt, als in Amerika ein leichter Wind in die „rechte" Richtung zu wehen anfängt. Die Nationale Amerikanische Pionierpartei erhielt viel Zuwachs. Und in diesem Zeitsegment geschah noch eine unglaubliche Handlung, die mit den Ereignissen, die in diesem Roman beschrieben sind, verknüpft ist.

Wir befinden uns in einem geheimen Labor im Vereinigten Europa. Tief unter der Erde wird ein Trupp ausgewählter Soldaten des Special Protection Corps, einer Eliteabspaltung des normalen Militärs, einst nur zur Verteidigung der Regierung gegenüber terroristischen Aktivitäten und

Putschversuchen gegründet, ausgebildet.

In einem unglaublich sterilen Behandlungsraum sitzt ein circa fünfundzwanzig Jahre junger Mann im Trainingsanzug des SPC, leicht erkennbar an dem mit zwei gekreuzten Schwertern gekennzeichneten Emblem. Ein mit einem Laborkittel gekleideter Mann führt die große Nadel einer pistolenförmigen Spritze in die Vene des Armes ein um schließlich den Abzugshahn zu betätigen. Langsam fließt die kristalline Flüssigkeit in den Lebenskreislauf des Mannes. Und damit in den Kreislauf des Lebens der Evolutionsgeschichte.

ERZENGEL

Verlorenes Paradies. Verlorenes Paris.

„Dieses Projekt wird Geschichte schreiben. Irgendwann einmal werden unser aller Namen in sämtlichen Büchern stehen, die unser Nachwuchs in den Schulen lesen wird. Wir werden die Zukunft gestalten, sie für das Vereinigte Europa sicherer machen. Dank uns wird die Europäische Union stets geschützt werden, vor allen Angriffen, denen sieausgesetzt sein wird. Sie alle wurden über das vor einigen Jahrzehnten durchgeführte Engelprojekt informiert. Meine sehr verehrten Damen und Herren, das neue Projekt Erzengel hat bereits bessere Erfolge erzielt, als wir auf Basis der alten Daten erhofften. Die Lernfähigkeit unserer Männer ist stark angestiegen, ein angenehmer Nebeneffekt. Vor allem besitzen sie alle eine extrem gesteigerte Verarbeitungsgeschwindigkeit, die sie zu schnellerer Handlungsfähigkeit befähigt, als jeden anderen Menschen. Wir sind nun im fünften Monat des Projektes. Und wie Sie alle wissen, wurden die Drogen nach dem dritten Monat abgesetzt, die die anderen Manipulationen an den Testobjekten unterstützt haben. Nun werden sich die Soldaten etlichen Test unterziehen müssen. Ich werde Sie auf dem Laufenden halten."

Der junge Mann in der Mitte der drei anderen trägt eine dunkelblaue Stoffkombination mit sechs geschweiften Flügeln und gekreuzten flammenden Schwertern als einziges Abzeichen. Die drei anderen, allesamt bereits in

Angriffsstellung, besitzen nur die Schwerter, keine Flammen, keine Flügel. Sie machen fast gleichzeitig den Ausfallschritt, doch die Gegenreaktion kommt schnell und ohne jegliche Verzögerung. Jeder Bewegung der drei Gegner kommt eine Gegenreaktion zuvor. Stets so passend, dass auch die Überzahl der Feinde nicht ausreicht zu siegen. So als würde ein Computer schnell die Handlungen des Blaugekleideten nach Analysen der Situation berechnen um ihn effektiv zu steuern. Doch kein Computer wirkt auf diesen Kampf ein. Einzig der Soldat allein gewinnt den ungleichen Kampf, ohne Hilfsmittel.

„Sehr verehrtes Gremium. Ich möchte alle noch einmal bitten, die absolute Geheimhaltung des Projektes Erzengel zu wahren. Nach mehreren Monaten voller anstrengender Tests für unsere tapferen Erzengel ist es soweit. Alle haben sich in dem Spezialtraining qualifiziert und verdeutlichen den Erfolg des Projektes. Weitere Projekte dieser Art werden folgen, dessen können wir uns nun sicher sein. Als abschließendes Ereignis bin ich erfreut, Sie alle einladen zu dürfen um Ihnen die besonderen Vorteile der Erzengel zu zeigen. Ort und Zeitpunkt werden Ihnen auf dem üblichen Weg bekanntgegeben."

Das neue Flugzeug strahlt im hellen Licht der Sonne, welche an diesem wunderbaren Sommernachmittag über Frankreich leuchtet. Das schwerbewaffnete Europian Defence Weaponship ist trotz aller Bewaffnung harmlos, denn es handelt sich um entschärfte Übungsmunition. Die anmutigen Formen des Schiffes sanft streichelnd, umsäumt ein leichter Wind das Gelände des militärischen Flugplatzes.

Dieses Flugzeug ist allerdings nur Dekoration, die für den heutigen Testflug zu benutzenden EDWs befinden sich in den dafür vorgesehenen Hangaren.

Ein junger Soldat mit dem Emblem der Erzengel verschafft sich ungesehen durch eine offene Tür Einlass in den Hangar. Vorsichtig schleicht er sich zwischen den Maschinen hindurch bis zu dem großen Munitionswagen. Der etwas ältere Soldat, der an der Fahrerkabine lehnt und genüsslich illegalerweise eine Zigarette raucht, bemerkt nicht, dass er getötet wird. Es geschieht zu schnell. Geräuschlos sackt die Leiche zu Boden, gehalten von dem gefallenen Engel. Die Leiche verschwindet in einem leeren Munitionscontainer, und der Soldat nimmt mit Hilfe eines kleinen Spezialfahrzeuges einige Änderungen an seinem Flugzeug vor.

„Wir werden gleich auf diesen Monitoren den Übungsflug der Erzengel sehen. Da es sich um Übungsmunition handelt, werden die Computer die Auswertung der Schüsse übernehmen. Wir wollen nicht, dass jemand verletzt wird, nicht? Die Erzengel werden mit den EDWs auf weitere Soldaten des Special Protection Corps treffen, die in der Überzahl sind. Und Sie werden sehen, dass sie aufgrund der gestiegenen Verarbeitungs- und Handlungsgeschwindigkeit die Besonderheiten dieses Flugzeuges besser ausnutzen können und somit leicht den Luftkampf gewinnen werden. Oh, wie ich gerade erfahren habe, beginnen wir jetzt."

Die gigantischen, leistungsfähigen Maschinen erhoben sich gen Himmel, und der eindrucksvolle Luftkampf begann.

„Red Two. Ich hab die Drei im Fenster, er zieht davon. Wäre nett, wenn mir mal wer hilft."

„Red Three. Auf dem Weg."

„Wir haben für Sie extra die Funkkanäle hörbar gemacht um Ihnen zu verdeutlichen, dass die Erzengel keinen Funkkontakt zueinander im Angriff mehr benötigen. Jeder von ihnen ist schnell genug in der Lage sämtliche Informationen der Anzeigen zu erkennen, zu analysieren und einen Schluss daraus zu ziehen. Das alles geschieht in Bruchteilen von Sekunden. Sie müssen sich nicht untereinander absprechen. Ein Erzengel ist in der Lage schneller zu denken und kann unter anderem deutlich mehr Bilder pro Sekunde aufnehmen und verstehen."

„Red Leader. Schießt mir die Drei ab, ich folge der Zwei. Ich will, dass wir diesen Kerlen am Boden zeigen, wie gut wir sind. Von Engeln in Unterzahl lassen wir uns nicht besiegen. Stutzt ihre Flügel."

„Bodenstation. Angriffsbefehl an Erzengel. Bestätigen."
„Michael. Angriffsbefehl bestätigt."
…
„Raphael. Angriffsbefehl bestätigt."
„Uriel. Angriffsbefehl bestätigt."
…
„Bodenstation. Gabriel, Angriffsbefehl bestätigen."
„Wie Sie bemerkten kam gerade erst der Angriffsbefehl für die Erzengel und bereits drei Abschüsse sind zu verbuchen."
„Bodenstation. Gabriel, Angriffsbefehl bestätigen."
„Und Abschuss sechs, sieben, … acht. Na bitte. Sie sehen, die Erzengel sind schnell und äußerst effektiv. Die sozusagen abgeschossenen Soldaten werden nun zur Basis zurückkehren. Und die Erzengel werden uns einige

Flugmanöver zeigen, die kein normaler Pilot mit dieser Schnelligkeit und Effizienz ausführen kann."

„Bodenstation. Gabriel, Statusbericht."

...

„Bodenstation. Erzengel, Statusbericht."

„Michael. Aktiv, keine Schäden, bereit."

...

„Raphael. Aktiv, keine Schäden, bereit."

„Uriel. Aktiv, keine Schäden, bereit."

„Bodenstation. Michael, Check Gabriel."

„Michael. Keine sichtbaren Schäden. Kein Kontakt."

„Bodenstation. Auf Befehle warten."

...

„Michael. Bodenstation, Gabriel bricht aus Formation."

„Bodenstation. Roter Alarm. Auf Befehle warten."

„Was geschieht da oben bloß? Wir müssen …"

„Sir, Gabriel entsichert jetzt seine Waffensysteme."

„Eigentlich hätte er das vorhin machen sollen. Zum Glü…"

„Michael. Gabriel löst Rakete."

„Uriel. Bodenstation. Rakete auf Kollisionskurs."

„Sir, bestätigt. Eine Rakete fliegt auf Uriel zu."

„Ich dachte, die Dinger lösen sich nicht?"

„Sir, vielleicht ein Fehler im System. Scharf sind sie auf keinen Fall."

„Bodenstation. Uriel, Ausweichkurs."

„Sir, wie angeordnet ist Gruppe Blue einsatzbereit mit scharfen Waffen."

„Sie sollen starten."

„Bodenstation. Erzengel, Rückzug."

„Michael. Bodenstation. Gabriel nimmt Kampf auf."

„Bodenstation. Ihr bekommt bald Hilfe."

Die hochgerüstete und mit tödlichen Materialien bespickte Rakete verlässt die sichere Halterung an den Flügeln des Erzengel Gabriels und bringt ihre göttliche Botschaft quer durch den Himmel. Seine ebenfalls qualifizierten Partner versuchen auf Ausweichkurs zu gehen und würden liebend gerne eine Gegenattacke ausführen. Doch ihre Waffen sind wehrlos, Gabriel ist überlegen. Seine Waffen sind echt. Die anderen Erzengel treten nach und nach ihrem Schöpfer gegenüber. Es sind nur Sekundenbruchteile, die Gabriel benötigt. Kein Soldat, der nicht diese Fähigkeiten besitzt, hätte dies jemals geschafft. Er hat die anderen Erzengel vom Himmel geholt. Ein Seraphim unter den Engeln.

„Bodenstation. Gabriel, Waffen sichern. Sofortiger Rückflug."

„Blue Leader. In Reichweite."

„Bodenstation. Angriffsbefehl an Blue. Bestätigen."

„Blue Leader. Angriffsbefehl bestätigt."

„Blue One. Angriffsbefehl bestätigt."

„Blue Two. Angriffsbefehl bestätigt."

„Blue Three. Angriffsbefehl bestätigt."

„Blue Four. Angriffsbefehl bestätigt."

„Blue Leader. Blue One, Angriffsrichtung oben. Blue Two, schleich Dich hinten an. Blue Three bleibt bei mir und Four geht nach unten in Warteschleife. Schnell und direkt. Los."

Auf den Radarschirmen sieht man langsam, wie sich die Punkte nähern. Sie scheinen in einen einzigen überzugehen.

„Bodenstation. Viel Glück, Blue."

„General Price. Gabriel. Melden."

...

„General Price. Gabriel! Gabriel! Scheiß auf Codierung. David, hör mir zu, hier ist der alte Price. Verdammt, hör auf. Das sind unsere Jungs."

„Sir, Blue Three deaktiviert."

„Scheiße. David, bitte lass es gut sein."

Das glitzernde Europian Defence Weaponship Gabriels gleitet hoch hinaus in den Äther um plötzlich stark abzufallen. Der Erzengel Gabriel weiß über seine Talente Bescheid. Der Soldat mit dem Callsign Blue Two hat sie nicht und sackt bei dem Versuch zu folgen zusammen. Es ist ein Manöver, bei dem Piloten bewusstlos werden. Gabriel nicht. Während die führerlose Maschine unkontrolliert stetig weiter abfällt, stürzt sich das tödliche Flugzeug unter Steuerung des sogenannten Erzengels hinab und vernichtet seine übrig gebliebenen Feinde, wie zuvor in der Übung. Übermenschlich schnell, und außerhalb des Bereiches in dem Menschen zu einer Gegenreaktion fähig sind.

„Sir. Gabriel beherrscht Luftraum. Staffel Blue deaktiviert."

„Warum tust Du das?"

„Sir. Kursänderung Gabriels."

„Welche Richtung?"

„Sir, vermutlich will er sich Paris nähern."

In dem Beobachtungsraum herrscht schon lange Zeit keine gute Stimmung mehr. Der Sekt hat aufgehört zu fließen, und der vorher freudige Kommentator eilt zu dem Kontrollraum.

„Er hat Kurs auf Paris, General?"

„Ja, man hat es mir gerade gemeldet."

„Und seine Waffen sind scharf?"

„Jemand hat den Hangar überprüft. Wir fanden eine Leiche und es fehlte die scharfe Munition, dafür fanden wir versteckte Übungsmunition."

„Er hat also scharfe Waffensysteme."

„Ja."

„Komplett?"

...

„Ich fragte ob alle seine Waffen real sind?"

„Ja."

Schweigen.

„Halten Sie ihn auf, General!"

„Wir haben es versucht. Mit den Erzengeln haben wir acht tote Piloten. Sie haben diese Wundermenschen erschaffen. Wir können ihn nicht aufhalten. Außerdem kann ihn nun niemand mehr einholen."

„Die Evakuierung der Stadt muss eingeleitet werden."

„Er wird die Metropole in circa dreieinhalb Minuten erreichen. Und so lange braucht er nicht, um nur in Reichweite zu gelangen."

„Sie glauben wirklich, dass er es tun wird, General Price?"

„Ich weiß nicht, was Sie mit ihm gemacht haben. Der Soldat, den ich kannte, hätte keinen Grund gehabt. Aber nun habe ich es mit einer Person zu tun, die Gabriel genannt wird."

„Wir haben nie Persönlichkeitsveränderungen festgestellt. Es steigert nur ihre Fähigkeiten. Wir sind langsam vorgegangen und haben alles abgecheckt."

„Vielleicht haben Sie ihn herausfordert. Und er hat angenommen."

„Sie meinen das philosophisch?"

„Hören wir auf zu reden. Beten wir. Mehr können wir nicht tun. Verdammt."

Tränen in den Augen.

In Paris ist ein Tag wie jeder andere. Es gibt Baguettes, Cidre und viel Lebenslust. Und weit entfernt von der Stadt, doch nahe genug, gibt es den Tod.

Eine computergenerierte Stimme:

„Waffensysteme entsichert."

„Sicherheitscodeeingabe erwartet."

„Atomare Waffensysteme entsichert."

„Atomare Waffensysteme ausgerichtet."

„Abschuss erneut bestätigen."

„Abschuss bestätigt. Abschuss erfolgt."

Und er nähert sich. Der Seraphim. Der Tod.

Ein gigantischer Pilz.

Millionen Tote.

Und entfernt Menschen, die keine Anzeigen brauchen um zu sehen was passiert ist, und dass es passiert ist.

ENGELSFALL

„Meine sehr verehrten Damen und Herren. Es gab niemals ein größeres Entsetzen unter uns allen als zu diesem unglaublichen Anlass. Ich muss Ihnen eine Stellungnahme geben, obwohl ich mir lieber wünschte, allein zu sein und trauern zu können, über diese unfassbare Tat europafeindlicher Terroristen. Wie uns jetzt bekannt ist, wurde am heutigen Morgen eine Basis der Europäischen Verteidigungsarmee überfallen. Dabei handelte es sich um eine der letzten Militärplätze in Europa, an dem noch alte Nuklearwaffen gelagert werden. Ein radikale, paramilitärische Organisation verschaffte sich gewaltsam und unter Gegenwehr und Blutfluss unserer tapferen Soldaten Zugang, und einer der Terroristen startete in einem Himmelfahrtskommando in Richtung der französischen Hauptstadt, mit einem nuklearen Sprengkopf als Ladung. Der Pilot selber überlebte die Aktion nicht. Wir sind nun auf der Suche nach dem Rest des Terrorkommandos und haben bereits Informationen erhalten, die ergeben, dass wir weitere Fahndungen jenseits des Mittelmeeres vornehmen müssen. Unsere weiteren Schritte sind, die anliegenden gefährdeten Gebiete in Frankreich zu evakuieren und die Strahlung mit Hilfe der neuesten Technologie einzudämmen. Bitte stellen Sie nun ihre Fragen, auf die ich Ihnen antworten werde."

„Möge Gott uns verzeihen."
„Und ihm."

Eine militärische Beerdigung findet im Kreis hoher

Offiziere statt.

Drei Jahre später.

Das Vereinigte Europa ist durch den grausamen Vorfall noch stärker zusammengewachsen, und das vermeintliche Terrorkommando konnte nie aufgefunden werden. Es hatte auch nie existiert.

GLORREICHE ZUKUNFT

In den vergangenen Jahren war in Amerika ein Mann zum Präsidenten der Vereinigten Staaten von Amerika gewählt worden, der Geschichte schreiben wird. Präsident Dean Wellington war Kandidat der Nationalen Amerikanischen Pionierpartei, eine Partei, die noch nicht sehr lange besteht und als modern gilt. Dieser Präsident entschließt sich Anfang dieses Jahres einen Weg einzuleiten, der bisher von der politischen Führung streng abgelehnt worden war. Es beginnt mit seiner Rede im März, der „Erklärung der Wahrheit":

„Ich werde mich nicht lange mit Floskeln aufhalten oder mit Grüßen meiner treuen Wähler. Ich tue dies, weil es mir an einem Tag wie diesem, einem Tag der endgültigen Wahrheit, als unpassend erscheint. Ich komme gleich zum Wichtigsten. Und ich meine wirklich wichtig. Das, was ich heute veröffentliche, ist das Wichtigste in der Geschichte der Menschheit. Wir haben uns oft gefragt was Menschsein bedeutet. Zum einen bedeutet es herrschen. Das sehen wir ständig. Wir haben uns diese Erde untertan gemacht. Die Frage ist es, wo unsere Entwicklung aufhört. Endet sie auf diese Erde. Mit der totalen Beherrschung dieser Erde? Oder fängt sie da erst an? Ich sage, diese Entwicklung beginnt erst heute. Heute ist der Anfang der Menschheit. Eine weitere Frage ist das Alleinsein der Menschheit. Natürlich gibt es Tiere. Mehr oder weniger intelligente. Davon spreche ich nicht. Sind wir allein? Der Zeitpunkt der Wahrheit. Aber dies ist kein Zeitpunkt der Angst. Wir sind nicht allein. Eigentlich der Zeitpunkt eine rhetorische Pause zu machen. Aber nicht heute. Denn alles ist anders und wird anders sein. Keine Zeit für Panik. Keine Pausen. Die Entwicklung geht weiter. Heute offenbare ich Ihnen, was lange vor mir bereits etliche Präsidenten wußte, und ich nach meinem Amtsantritt erfahren habe. In der Mitte des zwanzigsten Jahrhunderts hatten die Vereinigten Staaten von Amerika Kontakt mit Besuchern einer fremden uns unbekannten Welt, die aufgrund eines Unfalls bei uns strandeten. Wir bleiben nicht auf unserer Stufe stehen, die Menschheit schreitet voran. Wir alle sind die Pioniere einer neuen Zeit. Man hat es verheimlicht, weil die Ergebnisse dieser Begegnung noch nicht klar erschienen, und weil die Zeit nicht reif war. Heute ist die Zeit reif. Die Besucher überlebten nicht, aber ihre Technologie überdauerte. Und wir untersuchten sie. Analysierten. Verstanden. Und rekonstruierten. Ich gebe heute die Wahrheit bekannt. Den Vereinigten Staaten von Amerika steht ab heute extraterristische Technologie zur Verfügung. Kein Grund des Entsetzens. Ein Grund der Freude. Denn diese Tatsache hebt uns, die Menschheit ins Unermessliche. Bald wird unser Griff zu den Sternen bevorstehen. Bürger von Amerika. Ihr gehört zu dem neuen Volk, das einst die Erde beherrschte und fortan das All. Die Menschheit kann sich nur entwickeln, wenn sie zusammensteht. Die Technologie kann nicht benutzt werden, wenn man sich uneinig ist. Die Welt als ganzes ist gefragt. Unter einer Führung. Ich rufe alle Staaten der Welt auf, sich den glorreichen Bürgern von Amerika anzuschließen und unter unserer Flagge einer niemals zu hoffen gewagten Zukunft entgegenzutreten. Niemand kann die Entwicklung der Welt aufhalten. Niemand darf die Entwicklung des Lebens aufhalten. Bevor ich hinaustrat um die Wahrheit zu veröffentlichen, haben wir uns geschworen diese Wahrheit und die Entwicklung zu schützen. Wer sich uns entgegenstellt, uns, der Menschheit die ihre Zukunft gestalten will, der wird niedergeworfen. Wir werden uns gegen alle Feinde der Menschheit wehren. Und bei unserm Gott, dem Schöpfer des Alls, der uns das All überließ, wir haben die Macht uns zu schützen und zu wehren. Ich stehe hier als Schrankenbrecher und Wegbereiter für die gesamte Menschheit. Und mit der Macht mit der ich ausgestattet bin, fordere ich im Namen der Menschheit und für die Zukunft aller Menschen, alle Regierungen der Welt auf, binnen eines Tages ihre Dienste unter meiner wohlwollenden Obhut für die Zukunft zu stellen. Vereint unter der amerikanischen Flagge, wollen wir alle den neuen Gefahren trotzen und neue Grenzen abstecken, als neue Pioniere. Wer sich nicht dazu entschließt, sollte daran denken, dass er die Weiterentwicklung aufhält, und dass sich das Leben selber dagegen wehren wird. Denn die Entwicklung der Zukunft ist ein Naturgesetz und von Gott gegeben. Sie darf von niemanden genommen oder aufgehalten werden. Wir gehen gemeinsam in die Zukunft."

„Was sollte diese Rede? Das ist doch totaler Unsinn. Außerirdische. Neue Technologie. Dieser Mann hat seinen Arzt nicht rechtzeitig aufgesucht."

„Meine Damen und Herren, was immer wir von den angeblichen Fakten, die der amerikanische Präsident erwähnt hat, denken: Fakt ist, dass wir alle vor ein Ultimatum gestellt wurden. Und wenn Sie mich fragen, war Wellington bereit eine gezielte, breitgefächerte Drohung auszusprechen. Und Fakt ist es, dass Wellington schon immer stark national orientiert war, er steht rechts. Wenn wir von dem Unsinn dieser angeblichen Technologie absehen, könnte es sein, dass wir uns morgen vor dem nächsten Weltkrieg sehen, ich halte dies sogar für sehr wahrscheinlich. Wellington provoziert einen Krieg, doch ich halte es für ausgesprochen unbedacht von ihm, diesen Krieg mit der ganzen Welt anzufangen. Ich stimme für sofortige Mobilmachung."

„Aber das könnte der Vorwand sein, auf den er wartet."

„Wir müssen auf jeden Fall verteidigungsbereit sein. Einen Vorwand sucht er nicht, er weiß genau, dass ein Ultimatum mit der Dauer eines Tages nicht erfüllbar ist, selbst wenn wir gewillt wären, darauf einzugehen."

Ein Journalist vor einer Kamera, ein Mikrophon in der Hand. Bebende Lungenflügel. Erregung.

„Es tut mir leid, Ihnen keine näheren Informationen geben zu können, aber niemand aus der politischen Führung der Vereinigten Staaten von Amerika ist zu erreichen. Es scheint, als hätten sich alle von der Öffentlichkeit abgekapselt. Wir bleiben dran. Morgen können wir garantiert Näheres berichten."

Am nächsten Tag beginnt es. Und es endet. Kurzfristig. Der geplante und erwartete dritte Weltkrieg beginnt nicht, er wird verschoben. Aber etwas Unfassbares findet seinen Weg in die Realität.

Die Satelliten senden ein anderes Bild. Plötzlich. Gerade noch die bekannten Strukturen, dann etwas Neues, nicht umkehrbar. Der Präsident hat gehandelt. Das Ultimatum ist abgelaufen. Sie werden bestraft. Förderlich für die

Entwicklung. Ein Mensch tut es anderen an, für alle Menschen. Ein Mensch tut es anderen an, für alle Menschen?

„Sir, Sie sollten sich das ansehen."
Der Leiter des europäischen Geheimdienstes blickte auf.
„Was gibt es?"
„Bitte sehen Sie selber, Sir."

Ein Kontinent wird der Evolution geopfert. Das größte bisherige Opfer für dieses biologisch einprogrammierte Ziel. Ein schreckliches Opfer.

Die Wüste Australiens hat sich ausgebreitet, bis zu den wässrigen Grenzen. Wie ist unbekannt. Und vielleicht will man es auch nicht wissen. Milliarden Tote. Kein Leben. Nichts übrig. Tod. Ein Fest für den Satan. Und ein Stau der himmlischen Pforten. Kein Herrscher war jemals so weit gegangen. Es ist ein Verbrechen an dem militärischen Abkommen, das einige Jahre zuvor geschlossen wurde. Jetzt wurde es gebrochen.

Zivilisten aus der Schusslinie halten. Keine Aggressionen an Zivilisten. Vorbei. Aus der Traum von einem gnadenvollen Krieg. Gegenüber der niemals vermuteten Macht Wellingtons, welche er demonstrierte, gaben die anderen ehemaligen Mächte auf. Der dritte allumfassende Weltkrieg wurde verschoben.

KONSEQUENZEN

Ein hell erleuchteter Raum in Europa. Verraucht. Düstere Stimmung. Ein runder Tisch und zehn Personen in teuren Kostümen und Anzügen aus Regierung, Militär und Geheimdienst.

„Wir wissen nicht, was passiert ist. Wir kennen diese Technologie nicht. Vielleicht ist die Rede Wellingtons doch voller Fakten gewesen, wer weiß das schon. Meine Damen und Herren, es scheint vorbei zu sein. Gegenüber dieser militärischen Gewalt sind wir hilflos."

„Aber wir sind der Bevölkerung verpflichtet. Wir dürfen uns nicht unterwerfen."

„Wir müssen die Zivilisten schützen. Wir dürfen weitere Opfer nicht zulassen. Wellington muss paranoid sein. Bei dieser Handlungsweise."

„Wir können ihn nicht gewähren lassen. Wir müssen handeln."

„Aber wie?"

„Wir alle wissen wie. Es ist an der Zeit den letzten Schritt zu gehen. Ich werde heute Abend meine Rede halten. Ich werde keinen weiteren Kontakt zu Ihnen haben. Sie werden alle Schritte unternehmen. Bitte retten Sie die Freiheit. Retten Sie Europa. Unternehmen Sie alles Notwendige. Meine Damen und Herren, so schwer es uns fällt, es ist Zeit für den Gegenschlag. Es ist Zeit für den Plan Finale. Ich erteile Ihnen die Befugnis das Unternehmen auszuüben. Viel Glück Ihnen allen. Wir werden es brauchen. Möge Gott mit uns sein."

„Ich glaube nicht an Gott", sagt ein Mann in der Runde.

Der Prädident der Europäischen Vereinigung tritt vor die Medien: „Als oberster Vertreter der Bevölkerung des Vereinigten Europas muss ich heute eine Erklärung abgeben, die ich stets abgelehnt habe. Leider gibt es keine Auswege mehr. Ich hasse meine heutigen Worte, ebenso wie dies alle Menschen tun, welche die Freiheit lieben. Aber es gibt keine Möglichkeit mehr. Ich bitte die Menschheit um Entschuldigung. Ich bitte die Kinder um Verzeihung, dass uns nichts mehr bleibt um sie zu schützen, ihr Aufwachsen zu sichern. Hiermit lege ich meine politische Gewalt ab und stelle das Vereinigte Europa unter die Gewalt der Vereinigten Staaten von Amerika. Bitte verzeihen Sie mir. Vor wenigen Stunden ging mein letzter Befehl an die Verteidigungsarmee der Europäischen Union hinaus. Ich bat alle Prime Commander und alle Soldaten nichts gegen die Besetzung Europas durch die amerikanischen Besatzungsmacht zu unternehmen, die Präsident Wellington mir angekündigt hat. Er benutzte dabei das Wort Schutztruppen. Kennen wir diese Worte nicht? Er sagte, Amerika würde uns bei der Entwicklung zur nächsthöheren Evolutionsstufe helfen. Können wir solchen Worten trauen? Es füllt mich mit Tränen, ihnen glauben zu müssen. Uns bleibt die Hoffnung. Hoffnung auf eine Zeit danach. Nach der Besetzung. Auf eine Zeit der Befreiung. Hoffen wir auf die Befreiung. Ab sofort befinden wir uns unter der Gewalt der amerikanischen Obermacht und sind von dem Gutdünken Präsidenten Wellingtons abhängig. Mir wurde angekündigt, dass er noch heute eine Rede halten wird um der Welt zu sagen, inwieweit er sie verwalten will, und was sich ändern wird. Ich danke Ihnen für Ihr Zuhören, und bitte darum, sich nicht von Panik leiten zu lassen. In Zeiten wie diesen ist unser aller Zusammenhalt sehr wichtig. Niemand kann den menschlichen Willen beugen. Hoffen Sie, ich hoffe auch. Möge ein Keim der Freiheit in uns weiterleben. Alles Gute. Möge Gott mit uns sein."

Tränen laufen über das Gesicht dieses Mannes, eines Politikers dem nie etwas nahegegangen war, der stets gelogen hatte. Das war sein Beruf gewesen. Heute sind die Gefühle echt und sichtbar.

Die Rede Wellingtons im weißen Haus, Washington D.C., vor der Weltöffentlichkeit, vertreten von den Medien, bezeichnet als „Erklärung der Konsequenzen":

„Die verlogenen politischen Führungen haben ihre Ämter abgelegt und ihre übergeordnete Herrschaft existiert nicht mehr. Sie haben uns Angst gemacht, uns vor einer untröstlichen Zukunft gewarnt, bevor sie ihre Stellungen verlassen haben, sie taten als wären sie Märtyrer. Ich sage, was uns passieren wird. Ich nenne uns allen heute die Konsequenzen der Evolution. Die Konsequenzen sind, dass wir diesen verlogenen Männern entsagen müssen. Die Konsequenzen sind, dass wir zusammen eine neue Welt aufbauen. Wir sind eins, alle. Ich rufe alle Freunde der Menschheit in aller Welt auf zusammenzutreten und unser aller Sache zu dienen. Die Konsequenzen sind eine friedliche Zukunft. Die Konsequenzen sind keine weiteren Kriege. Die Konsequenzen sind ein Paradies für unsere Kinder. Die Konsequenzen sind die Beherrschung der Natur durch uns. Die Beherrschung des Alls. Ich werde uns, wir werden uns in eine glorreiche Zukunft geleiten. Ich bitte alle stolzen Bürger uns zu unterstützen auf unserem leuchtenden

Weg. Vielleicht müssen wir alle uns etwas einschränken, aber wir müssen in neuen Perspektiven denken. Wir alle müssen das Lernen. Die Kinder werden es uns lehren. Wir müssen uns gegenseitig helfen. Und wir dürfen uns nicht gegen die Entwicklung wehren. Wie es weitergeht ist die berechtigte Frage, die in allen Köpfen vorherrscht. Aufgrund der verlogenen machthungrigen Individuen, die nicht unser aller Wohl vertreten wollen, sondern ihre Macht ausbauen wollen, war ich gezwungen zu handeln, zu meinem tiefsten Entsetzen. Es war eine schwere Entscheidung, aber ich wurde zu ihr gedrängt. Und diese Individuen gibt es immer noch. Sie tauchen unter und wollen uns, die Menschheit, von innen heraus ausnutzen. Ich werde das verhindern. Wir werden das nicht zulassen. Die Vereinigten Staaten von Amerika werden allen die neue Technologie zugänglich machen, und wir werden alle unter den Schutz der amerikanischen Armee stehen. Und der amerikanische Schutz bedeutet für uns alle die Bekämpfung der Unmenschen, die sich gegen die Menschheit stellen. Wir brauchen nichts zu fürchten, wir werden alles bekämpfen, was versucht uns Angst zu machen. Wir sind das eine Volk, wir alle, dass einst den Griff zu den Sternen gemacht hat, und nun weitere unternehmen wird. Wir sind ein Volk der Zukunft. Die Vereinigten Staaten von Amerika werden die Zukunft schützen. Nicht mehr, aber keineswegs weniger. Denn dies ist das größte Anliegen in der Geschichte der Menschheit. In vier Tagen wird es in jedem Gebiet der Welt Zentren geben, in denen sich Bürger informieren können."

PLAN: FINALE

Erneut der Raum. Diesmal dunkel. Nebelschwaden. Und eine weitaus düstere Stimmung als zuvor. Zehn Stühle, neun Personen, ein Stuhl ist leer. Der Präsident der Europäischen Vereinigung fehlt.

„Ich denke wir alle wissen, was Wellington gemeint hat. Er ruft seine rechten Freunde zur gemeinsamen Herrschaft auf. Und ich denke, es wird ihm gelingen. Berichten zufolge erfolgt besonders im Netz eine breit gefächerte Propagandawelle, die jeder Anhänger Wellingtons Seite versteht. Wir werden es bald mit der gesamten Welt als eine strenge hierarchische Diktatur zu tun haben. Wellingtons neue Zentren sind militärische Stützpunkte zum Beherrschen der Welt. Er wird gleichgesinnte Personen der Bevölkerung rekrutieren und für sich einsetzen. Es wird eine Unterdrückung der Freiheit geben. Die Menschen werden ausspioniert, Meinungsfreiheit kann den Tod bedeuten, wenn man die falsche Meinung hat. Ist es nicht traurig, dass sich alles immer wiederholt?"

„Leider diesmal in einem größeren Ausmaß. Die Macht Wellingtons ist nicht fassbar."

„Wir sollten ihn nicht überschätzen, solange wir nicht wissen, wie groß seine Macht tatsächlich ist. Ich meine, er weiß schließlich nicht, dass wir hier eine Versammlung gegen ihn haben."

„Wollen wir es hoffen. Ich denke, wir müssen nicht lange herumreden. Es ist an der Zeit für die letzte Konsequenz, die Wellington nicht nannte. Wir wissen nicht, wie es nach dem Tod ist, aber ich ziehe den Tod einem Leben in Versklavung vor. Und jede Einengung des Geistes ist für mich Versklavung. Es gibt ein Leben vor dem Tod. Wollen wir es zu Ende bringen?"

„Sehr witzig, Price. Ich denke aber, Sie haben recht. Hören wir auf zu reden, und bringen wir es hinter uns. Stimmen wir ab, ich denke der Ausgang ist klar. Wer von Ihnen ist für die Ausführung des Unternehmens Finale?"

Neun Arme fahren in die Höhe. Langsam und zitternd.

Ein persönlicher Bote wird ausgesandt um die Nachricht zu überbringen. Bei diesen Entscheidungen sollte man sich nicht auf Telefone verlassen.

Zwanzig von ihnen verlassen unterirdische Bunker und bewegen sich geschmeidig durch die Luft zu ihren Zielen jenseits des großen Wassers, Feuerbögen hinter sich herziehend. Ihre tödliche Fracht soll der Welt die Freiheit bringen, oder den Tod für alle, den letzten Weg aus der Beherrschung. Die nuklearen Sprengköpfe sind geschärft. Die Welt hält den Atem an, als Sekunden nach dem Abschuss die Medien davon Kenntnis erhalten, und sie der Öffentlichkeit berichten. Man wartet auf die Zerstörung der USA und den atomaren Gegenschlag. Oder was sonst kommen wird.

Keine der Raketen kommt über das Wasser hinaus. Sie werden vernichtet, einfach so. Sie verschwinden von den Radarschirmen, verschwinden ins Nichts, und der nukleare Befreiungsschlag schlägt fehl. Dieser Präventivschlag ist wirkungslos verklungen, was ihn kaum erwähnenswert macht. Der letzte Verteidigungswall der Weltbevölkerung ist gebrochen.

MÄRTYRER

Ein Tag vor dem Ablauf der Zeit, die Wellington für die Eröffnung seiner Zentren nannte, trifft sich der Krisenstab erneut. Ein anderer Ort, eine alte Lagerhalle. Keine Stühle, kein Tisch, nur der Schmutz und Wasserpfützen. Und kaum Licht, nur Dämmerung.

„Wir haben keine Verteidigung mehr. Wir haben keine Rechte mehr. Offiziell haben wir auch keine Pflichten mehr. Trotzdem bleibt uns allen eine letzte Pflicht, die wir erfüllen müssen. Mir wurde die Oberhand über diesen Krisenstab gegeben, und ich bin mir meiner gestellten Aufgabe bewusst. Unsere Hoheitsrechte wurden an die Vereinigten Staaten von Amerika abgegeben. Wir werden jetzt im Untergrund handeln. Beziehungsweise auf die Gelegenheit warten. Handeln können wir kaum mehr. Wir können davon ausgehen, dass Wellington alle Personen der ehemaligen Führungsspitze verfolgen und auslöschen wird. Er wird nicht eher Ruhe geben, bis er uns gefunden hat. Wir sind neun Personen. Vier von uns haben offizielle Ämter. General Price ist Führer der Europian Secret Division, seine Identität ist geheim und niemanden, außer uns und den Mitgliedern ist dieser Dienst bekannt, und alle Teilnehmer werden als tot in den Akten geführt. Niemand wird ihn suchen. Dasselbe gilt für Sie, Colonel Vernheim, als Price Stellvertreter. Und Colonel Xaver, Sie sind offiziell ebenso tot, als führender Offizier unserer Auslandsspionage. Ihnen dreien übergebe ich die Zukunft des Vereinigten Europas und der Weltgeschichte. Wir anderen können nicht mehr teilnehmen an diesem Krisenmanagement, da wir die Aktion gefährden.

Wir werden uns nun zurückziehen. Ihnen lege ich es nahe, mit Hilfe der Europian Secret Division zu agieren und niemanden zu vertrauen. Niemand darf von Ihnen erfahren, sonst wird es keine Zukunft geben. Machen Sie es gut und leiten Sie alles erforderliche ein. General Price ernenne ich zum Befehlshaber. Eigentlich waren Sie das vorher schließlich auch. Aber wahrscheinlich haben Sie vor zwei knappen Jahren nicht hieran gedacht, als Sie Führer der Europian Secret Division wurden. Uns, dem Rest, meine Herren und treu gewordenen Freunde, muss ich ein schlechtes Angebot unterbreiten. Niemand darf diese Männer, unsere letzte Chance, verraten. Unter Folter wird manchmal Ungewolltes ausgesagt. Ich denke, Sie alle werden Ihre Konsequenz selber ziehen. Danke für Ihren Mut. Dafür wird Ihnen später die Menschheit danken. Ich weiß, dass Sie richtig handeln werden. Gott weiß, dass wir ehrenvoll sind."

Tiefe Stille. Ein Abspalten der drei mit Namen genannten Männer vom Rest der Gruppe. Sie verweilen im Dunklen, während die anderen die Lagerhalle verlassen. Alle einzeln.

Kurz vor der Stahltreppe, die zum Ausgang hinter einem langen Gang führt, fasst einer den Redner an der Schulter.

„Ich kann es nicht tun. Dazu bin ich nicht fähig. Bitte senden Sie einen Ihrer Männer."

Der Angesprochene nickt nur wissend.

Am Tage des glorreichen Einmarsches der amerikanischen Truppen, gebracht von mächtigen und unzähligen Transportmaschinen, die den Himmel zahlreicher säumen als die Wolken es tun, sitzen fünf Männer allein an ihren Lieblingsorten.

Einer kniet neben einem hübschen See, in dessen idyllischer Umgebung zwei wilde Kaninchen scheinbar fangen spielen, etwas, was ihn stets zum Lachen gebracht hat. Nicht heute. Der runde, kalte Lauf im Mund, bietet keine Gelegenheit zum Lachen.

Sanft wiegt das Weinglas in der Hand hin und her, im Hintergrund das Prasseln und Knistern des Feuers im Kamin. Sie starrt auf das Foto ihrer Familie, geliebte Personen, welche sie in Sicherheit hofft und nimmt einen Schluck.

In der Stille des großen Hauses lehnt er an der Galerie und schaut mit unklaren Augen hinunter in die Eingangshalle. Wie von allein beugt sich der Oberkörper weiter, immer weiter, und er verliert das Gleichgewicht.

Die Kerzen leuchten und bescheinen die Szene mit stimmungsvollem Licht. Die Hand umschließt den kühlen Griff und nach historischer Art, die ihre Abstammung ihr vorgibt, stößt sie mit dem kalten Material zu.

Niemals hat er daran gedacht, dass seine rustikale Eiche im Garten hierzu dienen würde. Sein Großvater hatte sie gepflanzt. Er war von wohlhabender Abstammung, jetzt nützte ihm dies nichts. Außer, dass man später sagen kann, es war seine Eiche gewesen, an der er gehangen hat.

Und es gab noch einen. Er sitzt in den gemütlichen Sitzen seines Auto und flucht wegen der Autoschlange vor ihm, sich fragend, warum die Ampel solange auf rot stehen muss. Seine Familie erwartet ihn. Seit vorgestern hat er sie nicht gesehen. Dann fällt ihm ein, wie unpassend es ist, sich über eine rote Ampel aufzuregen. Weiter kommt er nicht. Sein Auto verharrt hupend, als sein Gesicht auf das Lenkrad knallt und dort verweilt, einen glatten Durchschuss an der Stirn, von links nach rechts. Ein Profi hat ihm die Arbeit abgenommen. Aber gewiss kein Vergnügen.

FRIEDEN

Es gibt eine neue Weltordnung. Mit Präsident Wellington an der Führungsspitze. Keine Grossmacht der Welt ist davon ausgenommen. Sogar das ehemalige Australien gehört nun zum einzigen Weltreich der Vereinigten Staaten von Amerika. Offiziell als Landteil, der in Zukunft wieder bevölkert werden wird. Inoffiziell als Übungsplatz der neuen Technologie, woher sie auch gekommen ist.

Die Zentren sind Basen des Militärs. Von dort wird gezielt Spionage der Bevölkerung ausgeübt. Viele Angehörige der rechten Gesinnungsgemeinde werden als Intriganten und Kontrollorgane genutzt. Aber auch Menschen, die niemals sonst politisch aktiv waren, sehnen sich nach ein wenig Machtausübung. Wellington versteht es, geschickt Menschen zu manipulieren und für seine Sache einzusetzen. Auf seine Weise findet er auf Anhieb überall Unterstützer seiner Sache, so dass er nicht nur von außen zuschlagen kann, sondern auch von innen heraus handelt.

Seine Rede am Tag nach der Besetzung ist der reinste Spott und Hohn gegenüber jeglicher Ehrlichkeit. Die „Erklärung des freiheitlichen Fortschritts": „Es ist geschehen, und wir werden die neuen Menschen sein. Niemand, der auf der Seite der Evolution steht, muss sich fürchten. Ich habe geschworen die Entwicklung voranzutreiben und zu beschleunigen. Aus diesem Grund muss alles ausgeschaltet werden, was der Entwicklung der Menschheit entgegenwirkt. Ich danke allen Menschen dafür, meine Untergebenen gestern so freundlich empfangen zu haben. Und dafür, dass sie in Zukunft mit ihnen zusammenarbeiten werden. Wir werden eine bessere Welt erleben. Wir brauchen noch einige Zeit, bis alle Menschen direkt von der neuen Technologie profitieren, bis dahin wird sie übergeordnet für uns alle eingesetzt."

Am selben Tag betreten zwei mit weißen Kitteln bekleidete Herren einen Lastfahrstuhl hinter Supermarktregalen und fahren hinab in die Tiefe. Im Keller angekommen nicken sich die beiden zu und einer drückt in bestimmter langer Abfolge die zwei Zielknöpfe des Fahrstuhles. Plötzlich setzt sich der Lift weiter nach unten in Bewegung, in die einzige Basis der Europian Secret Divison.

„Dies ist also unser Ausgangspunkt für die nächste unbestimmte Zeit, General Price."

„Ja, Colonel Xaver, unsere neue Heimat. Mein Arbeitsplatz, von dem ich auf Dauer nie gedacht habe, dass er zu meinem Wohnort wird. Vor zwei Jahren habe ich meinen Dienst hier angetreten und wurde damit der mächtigste Mensch in Europa. Mein Vorgänger hat auf fast jede Aktivität in Europa Einfluss genommen. Colonel Vernheim hat den Dienst mit mir angetreten, er ist mein Stellvertreter."

„Wir werden unser Zuhause zurückerobern", sagte Colonel Xaver, der ehemalige Leiter der Auslandsspionage.

„Sicherlich. Nur weiß niemand, wie lange das dauert. In einer Stunde werden wir eine erste Besprechung haben. Man wird Sie von ihrem Quartier abholen. Hier geht es lang."

Ein steriler Raum mit weißen Wänden ohne Dekoration. Künstliches Licht, dass kein bisschen natürlich wirkt. Ein kleiner runder Tisch, und drei bekannte Menschen, die in großen Bürostühlen aus Leder im Kreis herumsitzen.

„General Price, wir sollten uns als erstes mit der Absicherung unseres Stützpunktes auseinandersetzen, und uns danach Gedanken über das Erlangen von Informationen machen. Colonel Xaver dürfte dafür prädestiniert sein."

„Zuerst einmal verlange ich, dass wir bei unseren internen Besprechungen auf die Ränge verzichten, wie ich es mit Ihnen, Vernheim, bislang bereits praktiziert habe. Es reicht wenn wir uns mit Nachnamen anreden. Alles andere verschwendet unnötig Zeit, die wir nicht unbedingt haben. Zur Absicherung dieser Basis ist absolute Geheimhaltung erforderlich. Wir werden nur mit Mitgliedern der Europian Secret Division Aktionen ausüben, da diese offiziell nicht existieren, und uns dies Sicherheit gewährleistet. Als weitere Absicherung benötigen wir nichts Neues, wir haben schon immer strenge Sicherheitsvorkehrungen vorgenommen. Ich lege übrigens fest, dass niemand von uns dreien diesen Stützpunkt verlassen darf. Wir sind hier fest verankert. Nun zu der Sammlung der Informationen. Xaver."

„Wir müssen über die weiteren Schritte Wellingtons informiert sein. Wir müssen wissen, inwieweit er die Bevölkerung kontrolliert und auf sie Einfluss nimmt, also wie seine neue Weltordnung aussieht. Und ich verlange endlich Klarheit über die neue Technologie und ihre Herkunft. Dazu müssen wir Spione einsetzen und eventuell neu rekrutieren. Wir müssen ein effektives aber kleines Spionagenetz aufbauen, und sichergehen, dass man keine Rückschlüsse zu uns ziehen kann. Anhand der Informationen, die wir bekommen und auswerten, werden unsere Analysen zur Entwicklung eines hoffentlich erfolgreichen Gegenschlages führen, an den wir allerdings noch nicht denken sollten. Um Kontakt zu den Spionen zu halten, welcher nicht zurückverfolgt werden kann, dachte ich an natürliche, nicht ortungsbare Kommunikationswege. Ich denke dabei an Boten, Brieftauben und weitere alte Übermittlungstechniken, die wir noch ausarbeiten müssen."

„Und ich dachte daran, dass wir unbedingt Materialien an sichere Orte bringen müssen um etwas Handfestes für einen späteren Rückschlag zu besitzen."

„Sehr gut, Vernheim. Ich möchte übrigens gleich einen Rundgang vornehmen um vor allem Ihnen, Xaver, unseren Stützpunkt zu zeigen, und Sie über die Sicherheitsvorkehrungen zu informieren."

„Ach ja, Price, über wie viel Personal verfügen wir eigentlich?"

„Nun, sämtliches Außenpersonal des inneren Geheimdienstkernes wurde zurückgerufen, so dass wir im Moment sämtliche Offiziere hier haben. Wir verfügen über ein Arsenal von sechsundsiebzig Außenagenten und ein festes Personal von einhundertzwölf Offizieren. Dies sind Menschen, die sich darüber im Klaren sind, was der Dienst eigentlich ist, nicht die zahllosen freischaffenden Außenagenten. In der Zahl sind die Verwaltung und die Medizinische Abteilung, sowie die Forschung enthalten."

„Forschung?"

„Die Europian Secret Division forscht mit einem kleinen Team im Bereich der Gentechnik und im Bereich von biologischen Waffen."

„Interessant."

„Vielleicht benötigen wir einmal die Dienste der Forschungsabteilung. Xaver, obwohl Sie Chef der Außenspionage waren, haben wir nicht oft miteinander gesprochen. Ich denke, Sie kennen die World Security Organisation. Schätzungsweise missfällt denen ebenso Wellingtons Vorgehen. Immerhin ist deren selbsternanntes Ziel die Stabilität der gesamten Welt. Sie sollten Verbindung zur WSO aufnehmen und einen Informationsaustausch vornehmen, außerdem möchte ich einen Operationsabgleich mit dem Active Corps der WSO. Nicht das sich unsere und deren Agenten in die Quere kommen. Und eines bereitet mir Kopfschmerzen: ich verstehe nicht, wie Wellington seine Ideen umsetzen konnte, ohne dass wir im Voraus benachrichtigt wurden. Haben Ihre Agenten nichts erfahren?"

„Nicht das Geringste. Wellington und sein Stab müssen absolute Geheimhaltung gewahrt haben. Und jetzt wird es auch für die WSO für Aktionen zu spät sein, Wellington ist völlig abgeschirmt. Ich vermute, dass die WSO wie wir zuerst Daten sammeln wird."

Die mächtigen Fahrzeuge rollen durch die trostlosen Straßen und hinterlassen ein dumpfes Gefühl in der Magengegend. Soldaten säumen den Straßenrand in konstanten Abständen mit angelegten Waffen, wenn sie nicht gerade Personen abführen.

In den Kneipen und Bars der Viertel mit schlechteren Ruf werden Kontakte geknüpft und das Netz wird gespannt, während Präsident Wellington ständig versucht die Bevölkerung zu beruhigen.

„Bitte lassen Sie uns nicht erschrecken über die Zahl der Verhaftungen in den letzten Tagen. Es ist leider notwendig, da wir eine geheime Organisation gefunden haben, die versucht, ein Verbrechen an der Welt zu begehen. Wir müssen gegen diese Menschen vorgehen, wie sie gegen uns vorgehen. Ich bitte jeden zur Mithilfe, wenn er auf feindlich gesinnte Personen trifft. Damit helfen wir uns selber, und auch diesen anderen Personen. Denn in unseren Zentren werden wir ihnen mit Hilfe der neuen Technologie zeigen, dass wir alle Stolz auf die neue Entwicklung sein können, und sie unterstützen müssen. Vielleicht werden sich diese Menschen noch ändern, und unser aller Sache unterstützen."

Die Zeiten ändern sich. Die Verhaftungen werden weniger, bis sie schließlich kaum noch bemerkt werden. Und niemand mehr hinsieht. Die Lage wird entspannter. Doch hinter der Fassade ist eine unbekannte Technologie Mittel zur Macht und dient zur Entfremdung des menschlichen Geistes durch Unterdrückung. Und ein Mensch an der Macht plant für die Zukunft.

„Gut, Xaver, Ihre Neuigkeiten?"
„Nichts Gutes. Aber fangen wir vorne an. Die Lage dort draußen ist mies. Alles wird kontrolliert und jeder spioniert den anderen aus. Nachbarn trauen sich nicht mehr, und jeder ist verdammt vorsichtig, wem er seine Meinung äußert. Die ganze CCTV-Scheiße, die staatlich verordnete Kameraüberwachung der Öffentlichkeit, die mal die Kriminalität senken sollte, spielt gegen jeden Opportunisten. Und sehr viele dort draußen glauben wirklich an Wellington und sind bereit ihn zu unterstützen. Sie halten ihn für die einzig wahre Zukunftsperspektive. Eine schwere Situation für unsere Spione. Eine weitere Ausweitung des Netzes ist aus Sicherheitsgründen nicht empfehlenswert. Als Weiteres

ist es mehrfach bestätigt worden, dass die Technologie tatsächlich nicht von weltlicher Natur stammt. Die Affäre in der Mitte des zwanzigsten Jahrhunderts, der Roswell-Zwischenfall scheint wirklich geschehen zu sein, so komisch sich die Geschichte auch anhört. Aber ich weiß nicht, ob dies nicht doch reine Propaganda ist, die sehr geschickt in Umlauf gebracht wurde. Nun zu der richtig schlechten Nachricht. Wellington scheint zu planen, etwas Neues in unsere Umlaufbahnen zu schießen. Eine Art Satellit. Aber leistungsfähiger als alles was wir kennen. Es läuft unter dem Decknamen Control Center und soll angeblich alles kontrollieren können, CCTV in der nächsten Evolutionsstufe. Wenn auch nur die Hälfte von dem stimmt, was wir von Informanten erfahren haben, wird Wellington damit jeden einzelnen beobachten und belauschen können. Ich weiß nicht, wie es geht, aber wenn dem so ist, werden die uns finden. Und dann behütete uns Gott."

„Xaver, Vernheim, ich glaube nicht an Gott. Er wird uns nicht behüten. Wir selber müssen etwas tun. Verdammt, es ist an der Zeit zu handeln. Wir müssen kämpfen, solange wir noch leben. Wir müssen uns etwas einfallen lassen. Wir brauchen eine effektive Waffe, etwas dass dieser Technologie standhalten kann, und uns den entscheidenden Vorteil zum Sieg gibt."

„An was denken Sie, Price?"

„Ich weiß es nicht. Ich habe leider nicht die geringste Ahnung."

„Price, ich bin da letztens ein paar alte Akten durchgegangen, nachdem ich bei einem Rundgang in Ebene 4 etwas gesehen habe …"

„Nein!"

GEGENSCHLAG

Ein Soldat sichert in dem geheimen Stützpunkt der Europian Secret Division im Laborbereich eine Tür mit angelegter Waffe, während ein zweiter die Tür per Codeschloss zum Öffnen bewegt. In dem dahinter liegenden Raum ohne Licht kann man ein dickes Stahlgitter erkennen, als durch die dreißig Zentimeter dicke Panzertür ein Lichtschein fällt. Hinter diesem Gitter liegt ein Mann bewegungslos auf einem Bett. Ein Schlauch geht von dem Tropf an seinem Arm zu einer Apparatur außerhalb des Stahlkäfigs.

Der Soldat betritt den Raum und schreitet mit konstanten Abstand zum Gitter, zu der Apparatur, wo er eine Kartusche auswechselt und einen Knopf betätigt. Ein leises Summen zeigt an, dass sich etwas tut, und eine Flüssigkeit wird von der Black Box durch den Schlauch über den Tropf in den Körper des Mannes gepumpt um direkt in seinen Lebenskreislauf zu gelangen. Der Soldat verlässt den Raum schnell wieder, und die Tür wird ordnungsgemäß verschlossen.

„Schön, jetzt hat der gute Junge sein Leckerchen wieder bekommen. Schade, dass er dafür kein Männchen machen kann."

„Jepp. Komm. Lass uns jetzt die Schicht beenden."

„Nein! Das kommt nicht in Frage. Ich möchte kein weiteres Wort darüber hören, Vernheim."

„Aber ..."

„Kein Wort!"

„Price, worüber reden Sie? Habe ich etwas verpasst?"

„Darüber müssen Sie nicht informiert sein."

„Was soll die Geheimniskrämerei? Ich denke, wir können über alles reden?"

„Da gibt es nicht zu reden, Xaver. Vernheim wollte etwas vorschlagen, das nicht relevant ist. Zu welchem Zeitpunkt und an welchem Ort können wir mit dem Starten dieses Beobachtungssatelliten rechnen?", sprang General Price zwischen den Themen.

„Das ist nicht bekannt. Aber wir forschen fleißig. Vermutlich dauert es noch ein paar Monate, maximal jedoch würde ich auf fünf tippen", antwortete Colonel Xaver.

„Wir werden einige Außenagenten zu einem schlagkräftigen Trupp formen. Sie, Xaver, ermitteln Zeitpunkt und Ort, und wir werden rechtzeitig zuschlagen."

„Das gibt uns höchstens etwas Zeitaufschub, Price."

„Ja, doch Zeit ist wertvoll für uns. Wir werden weiterhin versuchen mehr über die Technologie zu erfahren, und danach sehen wir weiter."

„Mit der WSO habe ich keinen Kontakt aufnehmen können. Es scheint als hätte die WSO alle operierenden Agenten zurückgezogen um sich auf die Spionage in Amerika zu konzentrieren."

Die mächtigen Motoren stampfen laut, als sie in der eisigen Kälte die gewaltigen Betontüren des Hangar aufschwingen lassen. Die Schotten schützen den Hangar und sein Innenleben vor den extrem schlechten Wetterbedingungen, die in der Arktis herrschen. Dem Krisenstab war dies als sicherer Ort erschienen um einige Europian Defence Weaponships vor dem Feind zu verstecken.

Lange Zeit hat es keine Kommunikation mit dieser Station gegeben, heute traf eine Funknachricht ein. Die Station ist aktiviert worden. Eigentlich dürfen keine Nachrichten via Funk gesendet werden, heute ist es die Ausnahme.

Ein paar Pfeiftöne unterschiedlicher Frequenz signalisieren, dass der kürzlich eingetroffene Trupp in Aktion treten soll. Die Düsen röhren heftig und die Maschinen donnern aus der Startbahn im Hangar und heben ab, so dass sie am Hangarschott den Boden verlassen und in die Lüfte ziehen.

„Black Leader. Kurs aufnehmen. Formation beibehalten. Angriff nur auf Befehl. Autopilot aktivieren. Kommunikation einschränken."

Die Europian Defence Weaponships ziehen steil in die Höhe und beschleunigen die Maschinen über die Reaktionszeitgrenzwerte. Jetzt können sie nicht mehr manuell gelenkt werden. Aber per Computer folgen die Maschinen automatisch dem einprogrammierten Kurs. Ein Gefecht kann mit dieser Geschwindigkeit nicht von Menschen geführt werden. Nach kurzer Zeit tut es ihnen eine weitere Staffel gleich.

„Cyan Leader. Kurs aufnehmen. Formation beibehalten. Angriff nur auf Befehl. Autopilot aktivieren. Kommunikation einschränken."

In der Nähe des australischen Kontinents, kurz vor Position: amerikanische Militärkolonie „Red Land".

„Black Leader. Gefechtsgeschwindigkeit. Manuelle Steuerung. Kommunikation frei. Viel Glück."

Die EDWs verlangsamen stark, und die Piloten

übernehmen die Steuerung. Da erreichen sie die Gegner, die sie noch nicht kennen.

„Black Leader. Verteidigungslinie erreicht. Home-Sending Programm aktivieren. Angriffsbefehl. Keine Bestätigung erwartet. Waffen frei."

Die Attacke beginnt. Ungewöhnlich geformte Feindflugzeuge nähern sich den EDWs mit den tapferen Piloten des Himmelfahrtskommandos und die Luftschlacht ist unvermeidbar. Die wie ein „U" geformten Flugzeuge mit der Pilotenkapsel hinten in der Mitte besitzen ein neuartiges Waffensystem. Ihre Macht zeigt sich bereits darin, dass die automatischen Hilfssysteme der Piloten der EDWs, die sie bei der Kontrolle des Flugzeugs unterstützen, ausfallen. Es dauert nicht lange, da ist die Schwarze Schwadron zerstört. Zuvor sind die erfassten Daten aber nach Hause geschickt worden. Weit über den Wogen der Zerstörung donnert die Cyan Schwadron weiter zu ihrem Zielort. Die hoffnungsvolle Attacke war noch nicht vorbei. Sekunden später doch.

„Wir haben verloren. Unser Jäger kamen nicht einmal in die Nähe des Auftragsortes. Wir haben zwei Schwadronen verloren. Und wir haben den Freiheitskampf bald auch verloren, wenn wir nicht irgendeine Verbesserung unserer Chancen erreichen, Price."

„Was ist mit den erfassten Daten, Xaver?"

„Wir haben sie analysiert. Es handelt sich um völlig neue Flugzeuge. Hier sind einige Bilder von ihnen. Meine Aufklärungsabteilung nennt diese Flugzeuge Alien Technology Fighter, auch wenn wir noch nicht die endgültige Bestätigung haben, dass es sich um nichtweltliche Technologie handelt. Kurz ATF. Sie sind sehr schnell, werden anscheinend dennoch manuell kontrolliert, sonst könnten sie noch schneller sein. Sie haben anscheinend Störmechanismen, die sich auf unsere Flugzeuge auswirken, und den Piloten die Steuerung erschweren. Außerdem haben sie, wie man hier sieht, sehr gefährliche Waffensysteme. Das Einzige was man sehen kann, ist leichtes Flimmern der Luft, wie etwas Unsichtbares, dass sich nähert. Trifft dieser seltsame, kaum erkennenbare Strahl, ist das Flugzeug zerstört. Kein Pilot kann bei diesen Geschwindigkeiten den Strahl erkennen und rechtzeitig ausweichen. Wir sind total unterlegen."

„Price, wir sollten wenigstens einmal darüber reden."

„Nein! Vernheim, ich sagte, Sie sollen das nicht mehr erwähnen."

„Was denn? Warum geht es hier?"

„Price, hören Sie doch wenigstens zu. Kein Pilot reagiert schnell genug. Die Vorteile beider Technologien, sowie unserer, wie auch der des Feindes, kann kein Mensch voll ausnutzen. Wir brauchen dringend einen Vorteil. Price, denken Sie darüber nach."

„Worüber?"

„Sie erfahren es, wenn es an der Zeit ist, Xaver."

ERWECKUNG

Der alt gewordene Mann sitzt in seinem kleinen Kämmerchen tief unter der Erde im Stützpunkt der Europian Secret Division, der einzig noch arbeitenden europäischen Organisation. Er denkt über einen alten Bekannten nach, den er nicht mehr wiedererkannt hatte. Dieses Projekt war kein einfacher Fehlschlag gewesen, es hatte den Tod gefordert, und nicht nur einen. Und es hatte Price einen Freund gekostet. Ein Jahr nach dem damaligen Projekt bekam der General die mächtigste und geheimste Stellung in der Europäischen Union. Er kommt zu einem Schluss.

„Meine Herren, ich habe nachgedacht. Wir können darüber reden, und nachdem alle Fakten bekannt sind, werden wir abstimmen. Einfacher Mehrheitsbeschluss. Vernheim, klären Sie Xaver auf."

Die sehr jung wirkende Ärztin betritt den Raum, in dem drei Herren sitzen. Sie scheint schüchtern zu agieren. Sie besitzt schulterlange, kastanienbraune Haare und versucht zu lächeln, ist aber zu nervös. Hübsche leuchtend grüne Augen zieren ihr attraktives Gesicht.

„Guten Tag, General Price, Colonel …"

„Keine Formalitäten, Doktor Haber. Sie arbeiten in unserer Forschungsabteilung?"

„Ja, Sir."

„Sehr gut. Was sind ihre Spezialgebiete? Und übertreiben Sie nicht."

„Nein, Sir. Äh, ja, Sir. Ich bin Biochemikerin. Mein

Spezialgebiet sind chemische und biologische Kampfstoffe. Des Weiteren habe ich eine Ausbildung in Medizin."

„Wie sind ihre Fähigkeiten auf dem Gebiet der Genmanipulation?"

„Oh. Ich … natürlich habe ich Kenntnisse darüber. Nicht besonders gut allerdings."

„Sie sind ehrlich. Das geht in Ordnung. Aber Doktor, sie haben vergessen uns über ihre Studien über Psychologie zu berichten."

„Sir, bitte?"

„Psychologie. Sie haben Kenntnisse in diesem Bereich. Das ist in ihren Akten vermerkt."

„Ja, ich habe mir selbst etwas darüber angelesen und in der Uni ein paar Sitzungen besucht. Jedoch war ich nicht gemeldet. Ich wußte nicht, dass das bekannt ist."

„Uns ist alles bekannt, junge Frau. Sie haben Zugang zu Geheimakten gehabt?"

„Nur bis zur dritthöchsten Sicherheitsstufe."

„Nun, ich habe hier eine Akte höchster Stufe für Sie, die Sie sich durchlesen werden. Sie werden nicht darüber sprechen, nur mit uns, wenn wir Sie wieder rufen. Lesen Sie die Akte schnell, dass hat oberste Priorität. Sie sind von allen anderen Pflichten entbunden. Wir hören voneinander."

„Ja, Sir."

Sie liest. Und versteht. Und eine Angst wächst. Warum das alles? Warum ist diese Akte so wichtig? Sie ahnt es. Das macht ihr Angst. Fürchterliche Angst. So schlecht steht es um die Freiheit.

„Sie haben die Akte gelesen?"

„Ich habe sie studiert, Sir. Interessanter Stoff."

„Dieses Projekt ist nicht interessant, sondern auf tödliche Weise gefährlich. Wir haben uns entschlossen, diese Akte wieder zu öffnen. Wir wollen Sie damit beauftragen. Wir benötigen Sie als ständige Betreuung des Subjektes."

„Sir, ich bin erfreut …"

„Nein, das sollten Sie nicht sein. Wirklich nicht. Es bleibt dabei, Sie werden mit dem Projekt beauftragt. Sie bekommen keine Hilfe, das Projekt findet im Hochsicherheitstrakt unter strenger Bewachung statt. Sie haben keine Wahl."

„Ich habe auch nicht über eine Entscheidung nachgedacht. Wenn Sie mir das Projekt anvertrauen, gehorche ich natürlich."

„Gut, Sie haben verstanden. Vernheim wird Sie näher mit dem Projekt und den Zielen vertraut machen. Reaktivieren Sie Gabriel."

Der Mann in dem eigentlich nicht beleuchteten Raum hinter dem Stahlkäfig, wird von einem milchigen Licht angestrahlt. An der Tür haben zwei bewaffnete und schussbereite Soldaten Stellung genommen, während Vernheim zu der seltsamen Maschine geht, gefolgt von der jungen Ärztin. Aufmerksam betrachtet sie die wundersame Einrichtung.

„Sie haben ihn betäubt? Sie haben ihn drei Jahre schlafen gelegt? Drei Jahre lang durfte er sich nicht bewegen?"

Entsetzen erscheint in ihren Augen.

„Ja."

„Ja? So einfach ist das. Jemand handelt gegen das System, macht etwas, dass dem politischen System schaden kann, und er wird auf Eis gelegt?"

„Ja."

…

„Sie erwarten eine Erklärung? Sie wollen Antworten, eine Rechtfertigung? Wachen, verlassen Sie den Raum und verschließen Sie die Tür. Ich werde Sie über die Sprechanlage wieder herein rufen."

…

„So, jetzt können Sie meine Begründung hören. Dieser Mann hat als Freiwilliger an einem Projekt teilgenommen. Er wusste, worauf er sich einlässt und hat sich bewusst dazu entschieden. Er hat es als einziger nicht vertragen. Er knallte durch und tötete seine Kameraden. Er vernichtete Paris. Millionen toter Menschen, dann noch die radioaktiv Belasteten. Er landete schließlich wieder bei uns. Ein Trupp griff ihn sofort auf, und wir brachten ihn her. Niemand durfte etwas davon erfahren. Niemand. Wir überlegten ihn zu liquidieren, das Projekt hatte sowieso sein Ende gefunden, nachdem wir gesehen hatten, wie es sich auf ihn ausgewirkt hatte. Schließlich sagte jemand, nicht töten, wer weiß wozu wir ihn brauchen werden. Vielleicht später einmal, wenn wir die Genetik besser verstehen, könnte er helfen. Vielleicht bringen uns Untersuchungen an ihm weiter. Hier blieb er. Er bekommt jeden Tag dieses Zeug, das die Maschine in ihn pumpt. Die Lösung hält ihn am Schlafen und uns sicher. Er reagiert, analysiert und schätzt Situationen schneller ein, als jeder andere Mensch. Er würde rasch eine Möglichkeit finden, auszubrechen, wenn er bei Bewusstsein gewesen wäre. Außerdem ernährt die Box ihn intravenös."

„Ich dachte, ich sollte ihm näher kommen. Wie soll ich das jetzt machen?"

„Ganz einfach. Sie gehen jetzt in diesen Stahlkäfig. Danach verschließe ich den Eingang des Käfigs, und Sie sind auf sich allein gestellt. Ich werde ihn mit einem Medikament aufwecken, und wir sehen was passiert", schlug der Colonel provokativ vor.

„Das geht mir zu schnell", räumte die Ärztin ein.

„Kann ich verstehen. Lassen wir ihn also besser erst einmal allein in seiner Zelle, wenn wir ihn aus dem Schlaf holen."

„Einverstanden."

Vernheim setzt eine Ampulle ein und durch Umstecken eines Schlauches wird der Erzengel schließlich erweckt. Die Flüssigkeit dringt in den Körper ein und reaktiviert alle Organe in den Wachzustand.

„Er bewegt sich nicht."

„Geben wir ihm Zeit."

…

„Er … sein Arm zuckte."

„Ja, Doktor."

…

„Halten Sie sich fern vom Käfig, Doktor, wenn er aufwacht. Wir wissen nicht, wie er reagiert."

„Sagen Sie mir die Wahrheit. Ist er unsere letzte Chance?"

„Er ist eine Chance. Solange uns nichts Besseres einfällt. Strengen Sie sich an."

„Was kann ich tun?"

„Sein Problem finden. Und lösen. Das würde schonmal helfen."

Eine halbe Stunde später. Gabriel schlägt die Augen auf.

Seine Gesichtmuskeln regen sich nicht. Er liegt einige Zeit steif, dann richtet er sich auf und reißt den Tropf von seinem Arm. Er setzt sich auf die unbequeme Liege und befühlt seinen Körper, der in einer dünnen Stoffkombination steckt, einer Art Sträflingsanzug. Er streicht über sein Gesicht und fühlt die Haare.

„Frisch rasiert, Gabriel. Und ein moderner Haarschnitt."

Gabriel blickt nicht einmal in Richtung Vernheims. Er schaut seine Hände an, scheint allerdings nichts zu finden, was er sucht. Der Mann legt sich wieder hin und schließt die Augen.

„Gehen wir", meinte Vernheim bestimmt.

„Was ist mit ihm? Er ist doch wach, ist dass nicht gefährlich?"

„Wir werden später darüber sprechen. Gehen wir. Kommen Sie, Doktor."

Ein persönlich eingerichtetes kleines Zimmer, mit Bett, Tisch und zwei besetzten Stühlen. Abstrakte Bilder hängen an der kargen Wand.

„Gabriel ist reaktiviert."

„Er machte nicht den Eindruck."

„Darüber möchte ich mit Ihnen reden. Etwas war seltsam damals. Wir haben ihn nicht sofort deaktiviert. Zuerst einmal versuchten wir herauszufinden, wieso es passiert war. Er redete nicht, mit niemanden. Price war ein alter Freund von ihm, er hatte den jungen Soldaten schätzen gelernt. Price war vor seiner Position als jetziger Leiter unseres Dienstes beim Special Protection Corps. Er hatte Gabriel abgeraten an dem Projekt mitzumachen, doch der meldete sich freiwillig. Wir haben nie erfahren, woran es lag, dass er sich dann plötzlich änderte. Ein paar glaubten nicht daran, dass das Projekt schuld war, schließlich hatten die anderen Erzengel keine Veränderungen gezeigt. Gabriel redete nie wieder. Price glaubt, dass in diesem Kerl das Chaos wütet, und dass er alles vernichten wird. Ich glaube nicht, dass Price jemals verarbeiten konnte, was sein Freund getan hat. Deshalb war er dagegen, dass wir ihn reaktivieren. Aber er beugte sich uns, weil wir ihn überzeugten, dass wir nicht mehr viel unternehmen können. Ich glaube, Gabriel hat große Schuld auf sich geladen, und dass er dies weiß. Er kann es nicht verarbeiten. Er wollte damals nach der Gefangennahme Selbstmord begehen. Sein Versuch, der vereitelt werden konnte, führte mit zu der Entscheidung, ihn auf Warteschleife zu legen. Und anscheinend wird es sehr schwer, ihn wieder in die Realität zu ziehen."

„Selbstmord? Wenn er es …"

„Er steht unter ständiger Kamerabewachung. Schon als er geschlafen hat. Ich habe die Wachen deutlich gewarnt. Außerdem lag es damals nicht an uns, dass er heute nicht tot ist. Er hat es selber nicht geschafft. Ich denke, er kann keinen Selbstmord begehen. Die Genmanipulation war erfolgreich. Der Überlebenswille ist so stark, dass er keine Selbsttötung zulässt."

„Wenn er bei Sinnen ist, dann wäre er die perfekte Waffe?"

„Er ist ein Mensch. Ein Mensch. Vergessen Sie das nicht. Er hat keinen Abzug, den man betätigen kann. Er besitzt besondere Fähigkeiten. Aber er hat eine Seele, ein Gewissen. Wie wir. Und ich meine, er ist immer noch der alte Soldat. Ein ehrenvoller Mann. Wenn ich nur wüsste, warum es passiert ist."

SCHWEIGEN DER ENGEL

Vier Soldaten erscheinen in dem Raum. Sie fahren einen Rollstuhl hinein und verschließen die Tür hinter sich. Die Codetür kann nur von außen geöffnet werden. Zwei Soldaten nehmen an den Seiten des Käfigs Aufstellung und zielen auf den Gefangenen. Ein anderer Soldat geht an die Sprechanlage und befiehlt den Käfig zu öffnen.

Der Mann im Kontrollraum sieht im Monitor, dass alles noch sicher ist und legt den Schalter um. Die Käfigtür fährt zur Seite. Die zwei unbewaffneten Soldaten betreten den Käfig mit dem Rollstuhl, die Tür hinter ihnen wieder zuschwingend. Die Bewaffneten sind angewiesen im Notfall zu schießen, auch wenn sie ihre Kameraden treffen würden.

Die Soldaten hinter den Gittern umfassen den Gefangenen und schleppen ihn auf den Rollstuhl. Er wehrt sich nicht. Mit Stahlbügeln werden seine Arme und Beine jeweils doppelt gesichert eingeklemmt und um den Kopf und den Hals werden Stahlkrampen gebunden, so dass sich der Gefangene nicht bewegen kann.

Er kann lediglich den Mund öffnen und die Fingerstellung variieren. Ein Soldat justiert die automatische Notfallvorrichtung am Nacken des Gefangenen, die auf Knopfdruck sofort ein starkes Betäubungsgift in den Hochsicherheitsgefangenen spritzen würde. Schließlich nicken sich die Soldaten zu und ein befreiendes Lachen ertönt.

Sie kennen die Geschichte dieses Gefangenen nicht, aber sie waren immer wieder gewarnt worden, dass jede Missachtung der Anweisungen tödlich enden würde. Sie sind froh, den Job erledigt zu haben.

Die bewaffneten Soldaten betätigen die Sprechanlage und der Wächter von außerhalb entriegelt die Käfigtür. Er weist die Soldaten vor der Haupttür des Raumes an, diese zu öffnen. Die Codetür schwingt auf und die Soldaten schieben den Rollstuhl hinaus.

Doktor Haber betrachtet den Gefangenen, den sie vor sich im Untersuchungszimmer hat und weiß ihn nicht richtig einzuschätzen. Sie sieht einen abgewrackten Soldaten und spürt, dass es nicht leicht werden wird, zu ihm Zugang zu finden.

„Guten Tag, Gabriel. Man sagt mir Ihren wahren Namen nicht. Ist es Ihnen recht, wenn ich Sie Gabriel nenne?"

Stille.

„Ich deute Ihre Reaktion, beziehungsweise das Fehlen einer Reaktion, als eine positive Antwort. Na schön, also Gabriel. Sie haben geschlafen, fühlen Sie sich ausgeruht?"

Erneut Stille.

„Es tut mir leid, dass Sie sich nicht frei bewegen können, aber ich denke, dass wir beide das in einiger Zeit ändern werden. Sie müssen das verstehen, mir wurde gesagt, dass ich ein bisschen Angst vor Ihnen haben muss. Ich hoffe, dass wird sich nicht bestätigen", Doktor Haber gab sich bewusst selbstsicher.

…

„Gabriel, erinnern Sie sich an das Flugzeug? Erinnern Sie sich an einen schönen Sommertag?"

…

„Möchten Sie etwas essen?"

…

„Ich habe hier etwas Leckeres für Sie. Ein wenig Schokoladenmousse. Verspüren Sie Hunger?“

…

„Leider dürfen Sie sich nicht bewegen. Ich werde Ihnen gerne helfen. Öffnen Sie den Mund.“

Der Gefangene reagiert nicht. Leblose Augen sehen bewegungslos in die Leere.

„Nun gut, wenn Sie nichts essen möchten.“

Die Ärztin stellt die Schüssel zur Seite und geht zu einem kleinen rollenden Regal. Sie ergreift seufzend eine leere Spritze und zieht die Kanüle mit einer Nährlösung auf. Den Ärmel ihres Patienten schneidet sie mit einer Schere auf und verabreicht ihm die Flüssigkeit mit einem Stich in den Arm.

„Guten Appetit. So, das war es, alles drin. Hat es geschmeckt?“, bemerkte sie voller Ironie.

Sie setzt sich auf den Metalltisch vor den Gefangenen und löffelt die Schokoladencreme selber, in Gedanken das Bild des Gefangenen, wie er in diesem Rollstuhl schlafen wird.

„Doktor Haber, ich erwarte Ihren Bericht. Wie ist das erste Gespräch verlaufen?“

„Sehr einseitig. Es war eher ein Monolog. Ich brauche persönlichere Informationen um besser auf ihn eingehen zu können.“

„Sie dürfen alle Informationen verwerten, die Sie aus ihm herauskriegen. Es gibt keine Akten mehr über den Menschen, den er früher darstellte.“

„Und seinen Namen?“

…

„General Price, nur sein Name.“

„Wenn er Ihnen seinen Namen sagt, dann kennen Sie ihn.

Vorher nicht. Ich halte das für besser so. Er hat als Engel seinen Namen abgelegt, und seine Identität zu schützen ist das Einzige, was ich ihm noch als Freundschaftsdienst leisten kann. Bitte verlassen Sie uns jetzt."

„Gut, Sir. Ich danke Ihnen", Doktor Haber verlässt den kühlen Planungsraum.

…

„Warum darf Sie den Namen nicht erfahren, Price?"

„Wir wissen nicht, wie er reagiert. Sie soll es zuerst so versuchen. Vertrauen Sie mir, Vernheim. Ich boykottiere die Aktion sicher nicht. Nun, Xaver, was können Sie uns über Control Center berichten?"

„Der Start findet planmäßig in zwei Monaten statt. Ich sehe keine verbesserten Chancen, das zu verhindern."

„Das sieht schlecht aus, Xaver. Wenn Control Center in der Umlaufbahn ist, wie steht es dann um uns?"

„Sehr negativ. Control Center wird die totale Überwachung bedeuten. Ich weiß nicht, wie sie es machen, aber sie können damit jede Person überprüfen und überwachen. Das heißt um es positiver zu formulieren, sie verfolgen nur die Handlungen eines jeden einzelnen. Es ist keine stationäre Raumstation, sondern sie kreist um die Erde. Somit wird sie nur zeitweise Europa überwachen können, zeitweise Amerika und so weiter. Kennt man einmal den Plan, kann man berechnen, wann sich die Station wo befindet, sollte man keine andere Möglichkeit haben, dass festzustellen. Allerdings soll das CC Gerüchten zu Folge einen Steuerungsantrieb besitzen, mit dem man das CC auf verschieden Positionen neu justieren kann. Es ist also davon auszugehen, dass Wellington sein drittes Auge öfter einmal den Zeitplan wechseln lässt, damit keiner damit rechnen kann, wann er überwacht wird. Es ist auch nicht klar, ob wirklich jeder überwacht wird, vielleicht mit Hilfe eines neuen intelligenten Computerprogramms, dass gleichzeitig alle überprüfen kann, oder ob nur Stichproben gemacht werden. Ohne so eine spezielle Software würde das Control Center eine Menge Arbeitsplätze schaffen. Wir haben allerdings keine damit verbundenen Rekrutierungen vernehmen können. Angeblich werden wirklich alle überprüft, sofern sie im Zielgebiet des CC sind. Das wäre verdammt negativ. Ich will es einmal so ausdrücken. Startet das Ding, sind wir tot. Denn dann finden die uns über kurz oder lang."

„Wie Orten die uns Menschen? Wie überprüfen sie uns? Können die uns hier unter der Erde wirklich Orten?", verlangt Price Details.

„Keine Ahnung. Aber wir müssen befürchten, dass sie dies können. Selbst wenn es nur hochentwickelte Kameras sind, die auch Infarot– und andere Lichtspektren wahrnehmen, lässt sich mit entsprechender Software, die Bewegungsprofile erstellt und kombiniert, viel in Erfahrung bringen. Denken sie doch nur daran, wie die englische Regierung damals mit ihrem CCTV nach dem ersten Umschwung unterdrückt hat. Es gab keine Möglichkeit mehr, den Hausarresten zu entwischen, die willkürlich gezogenen Zonengrenzen ohne Erkennung und Bestrafung zu übertreten, und Versammlungen oder Demonstrationen durchzuführen. Innerhalb von Tagen hatte die damals frisch an die Macht gekommene neue Regierung nach ihrer Wahl ein funktionierendes totalitäres System. Die Überwachung hatten sie ja geschenkt bekommen. Und ein jeder, der vorher noch ganz wild auf CCTV war, bekam die Nachteile zu spüren, als er nicht mehr in der Lage war seine Eltern im nächsten Stadtteil zu besuchen und jeder Widerstand im Keim bestraft wurde", erläuterte Xaver.

Vernheim bemerkte: „Damals konnte die britische Regierung nur von aussen mit einem gezielten Einsatz der anderen Staaten gestürzt werden. Das hat gezeigt, dass in einem überwachten System von einer Sekunde auf die andere jegliche Freiheit erstickt werden kann und dann auch keine Möglichkeit des Widerstandes mehr besteht."

Price nickte: „Ja, und es hat zum Verbot von CCTV im Vereinten Europa geführt. Aber was können wir daraus lernen. Das es keine Möglichkeit gibt von innen dagegen vorzugehen, wenn die Überwachung erst einmal steht?"

„Es scheint so", meine Xaver betroffen.

„Vorschläge?", erbat General Price.

„So viele Agenten wie möglich rausschicken, so dass sie sich ein Leben aufbauen können. Sehr wahrscheinlich sind sie hier unten dem Tod geweiht. Wir müssen unsere Spione warnen, alle müssen wissen, dass bald alles kontrolliert wird, und sie mitspielen müssen, bis wir Ihnen eine gegenteilige Meldung zukommen lassen. Und wir legen unsere Hoffnung in den Erzengel. Wenn die Überwachung erst einmal steht, gilt das Gleiche wie damals beim CCTV. Nicht handeln und schweigen ist die einzige Wahl."

Ausbruch der Engel

„Guten Morgen, Gabriel. Schön geschlafen?"

Stille tritt ihr entgegen.

„Schon klar. Sie schlafen gerne was? Ich erwarte keine Antwort. Gewiss nicht. Wieso auch? Ich bin es nicht wert, dass Sie mit mir reden."

…

„Gabriel, ich will Ihnen erklären, warum Sie erweckt wurden. Sie haben sich untersucht, Sie wollten feststellen wie viel älter Sie geworden sind, nicht war? Ich sage es Ihnen. Sie haben drei Jahre warten müssen. Drei Jahre. Wollen Sie wissen, warum Sie hier sind? Nicht weil man Sie so gerne mag, ganz im Gegenteil. Ich habe nur schlechtes über den letzten Erzengel gehört. Sie sind ein gefallener Engel nicht wahr? Der amerikanische Präsident hat einen Black Out, wie Sie damals. Nur er will nicht nur Millionen töten, sondern Milliarden versklaven. Ich weiß nicht, wer von Ihnen beiden schlimmer ist. Aber Sie machen die bessere Figur. Vielleicht nicht gerade jetzt, angekettet an diesen Rollstuhl, aber im Allgemeinen. Der Mann hat eine wahnsinnige neue Technologie unbekannter Herkunft, und er hat als Drohung innerhalb von Sekunden ganz Australien ausgelöscht. Das ist mehr als Paris, was? Dieser Kerl beherrscht nun die Welt, und wir hier im Untergrund haben Sie gewählt, unsere Seite zu vertreten. Was sagen Sie dazu?"

…

„Nichts. Na toll. Die letzte Chance der Menschheit kann nicht einmal sprechen. Wollen Sie heute etwas essen?"

„Berichten Sie, Haber."

„Er redet immer noch nicht. Es wird Zeit brauchen."

„Unsere Zeit läuft leider ab, Doktor. Wir müssen uns etwas einfallen lassen."

„Warum haben wir so wenig Zeit, Price?"

„Xaver, erzählen Sie es ihr."

Doktor Haber fällt in ein tiefes Loch als ihr klar wird, wie schlechte Chancen die Zukunft bot.

„Hallo, Gabriel. Wie geht es Ihnen heute?"

…

„Ich habe hier etwas für Sie. Sie kennen es bestimmt noch."

Es ist seine erste Reaktion seit langem. Er zuckt. Nur kurz. Danach verharrt er still.

„Kein Angst. Ich spritze sehr sanft."

Die Ärztin lächelt seicht um das zwischenmenschliche Eis ein wenig zu brechen und kommt näher, mit einem Ding, das einer großen Pistole ähnelt. Sie steckt eine Kanüle in ein kleines Fach an der Rückseite und betätigt ein Tastenfeld. Eine Codeeingabe ist erforderlich.

„Soll ich es Dir erklären? Merkst Du was? Wir kennen uns nun so lange, ich duze Dich jetzt. Die Lösung aus der Kanüle wird in dem Infusionsgerät mit etwas internem gemischt, bei Eingabe der korrekten Ziffernfolge. Diese wechselt übrigens. Bei einmaliger Falscheingabe zerstört sich das Gerät. Die Kanüle reicht für die komplette Behandlungsdauer aus. Zum Einführen der Droge muss man nur noch den Abzug drücken. Ein kleiner Trick dabei ist, dass der Abzug hochempfindliche Sensoren besitzt, die den Fingerabdruck scannen. Dieses Gerät ist auf meinen

Abdruck geeicht. Und das Spracheinlesemodul verlangt ein Wort von mir. Toll nicht? Es wurde alles etwas sicherer gemacht. Die Leute hier meinen, dass es besser so ist für mein Leben, wenn eine gewisse Abhängigkeit Deinerseits zu mir besteht. Und die Infusion muss stets in den Hals eingeführt werden. Das weisst Du bestimmt noch."

Sie beugt sich über ihn, setzt an und zieht den Abzug.

„Infusion."

Es dringt in ihn ein.

„Wir verändern Dich erneut ein wenig. Teilweise sind es die gleichen Ziele wie früher, allerdings in anderer Konsistenz. Hast Du Hunger?"

Sie lächelt freundlich.

„Und?"

„Er hat bis jetzt nicht reagiert. Aber ich bemerkte manchmal leichtes Zucken an ihm, ein Zeichen dafür, dass er sich auf der einen Seite mitteilen möchte, sich andererseits aber dagegen sträubt. Ich denke, wir sind auf dem richtigen Weg."

„Machen Sie weiter Doktor Haber. Wecken Sie einen neuen Lebenssinn in ihm. Wir benötigen seine erweiterten Fähigkeiten."

„Wann darf ich ihn unter weniger extreme Sicherheitsbestimmungen stellen?"

„Dieser Zeitpunkt ist noch nicht absehbar. Wir brauchen keine unberechenbare Gefahr in dieser Basis."

Sie liegt in ihrem Bett und ihre Gedanken richten sich auf die Person, die sie eher als Patienten, statt als Gefangenen ansieht. Die Droge steigert unter anderem voraussichtlich seinen Überlebenswillen weiter und gibt ihm innere Stärke. Aber eigentlich ist bereits alles in ihm vorhanden. Er benötigt nur einen Auslöser. Er benötigt neue Ziele. Er kommt ihr so verloren vor, innerlich zerstört. Sie hofft, dass er die Rettung der Menschheit als Perspektive erkennt mit seiner Schuld fertig zu werden. Trotz aller Bemühungen findet sie einfach keinen Zugang zu ihm.

Wie es immer wieder in diesen Tagen geschieht, geht sie wieder mit der Infusionspistole zu ihm. Er verbringt die ganze Zeit in diesem Stuhl. Sie fragt sich, ob er körperlich überhaupt in der Lage ist, sich zu bewegen. Aber schließlich ist er genetisch auf dem besten körperlichen Stand. Nachts klappt die Rückwand nach hinten und Fußstützen fahren nach oben, so dass er dann auf dem Rücken liegt. Der Stuhl selbst hat eine intelligente Wand, die den Druck auf den Körper variiert. Dies soll Vorbeugen, dass sich offene Wunde allein durch das Liegen ergeben, was häufig bei Komapatienten geschieht. Während er schläft zucken Elektroschocks durch seinen Körper um seine Muskeln zu aktivieren und sie zu bewegen. Seit Jahren muss er in seinen Träumen diese Tortur erleben.

„Hallo, Gabriel. Du siehst recht gesund aus. Ich habe wieder etwas für Dich. Freust Du Dich schon? Ich habe es in der Akte gelesen. Wenn die Manipulation mit diesem Zeug einmal begonnen hat, muss es circa drei Monate lang durchgezogen werden, sonst bekommst Du Krämpfe und Suchtanfälle. Ich habe das schon in Betracht gezogen. Wenn Du Dich bald immer noch weigerst, Dich mit mir zu unterhalten, werde ich die Droge absetzen. Heute aber nicht. So, dass war die Infusion. Die Erste. Jetzt kommt Deine

Nahrung. Oder wirst Du heute etwas essen?"

Er blickt sie plötzlich leidend an, ein entsetzter trauriger Blick. Dann öffnet er den Mund. Nichts weiter. Die junge Ärztin lächelt. Sie greift nach der Schüssel mit Schokoladenmousse, in den letzten Tagen wurde der Pudding stets von einem Soldaten gegessen, da der jungen Frau nicht mehr danach ist. Sie nimmt den Löffel und fütterte ihn vorsichtig und langsam. Ein dankbares Augenpaar blickte sie an.

Wie sie so vor ihm steht, spürt sie, wie etwas ihre Beine berührt. Seine Fingerspitzen fassen an die Beine und lassen sie wieder los. Es war nur eine Geste. Schließlich schließt er den Mund und gibt sich im Ganzen wieder geschlossen. Die junge Doktorin weiß, dass dies ein wichtiges Ereignis auf dem Weg seiner richtigen Reaktivierung ist. Sie stellt die Schüssel beiseite und streichelt ihm über das Haar. Von draußen dringt lauter Krach in das sterile Untersuchungszimmer. Die Ärztin rennt schnell zur Tür und öffnet sie. Die dort postierte Wache stößt sie zurück in den Raum.

„Hierbleiben!"

Der Soldat rennt davon. Doktor Haber zittert erregt, und ihre Brust bebt vor Angst. Laute Schüsse sind zu vernehmen.

„Oh Gott."

„Ich glaube nicht an Gott."

Dieser Satz ist schon immer ein geheimes Codefragment zwischen ihm und Price gewesen. Nur sie beide wussten, was es wirklich bedeutete. Sie starrt den jungen Mann an. Entsetzen umgibt sie. Ein kratzendes Geräusch an der Tür lässt sie ihren Blick wenden. Blutüberströmt stolpert General Price herein und klammert sich mit letzter Kraft an den

Tisch.

„Ich auch nicht", bemerkt der General grimmig.

„Price?", Doktor Haber blickt überrascht auf die beiden Männer.

„Jetzt wird es ernst mein Freund. David, hör auf die Ärztin. Was immer war, Du wirst richtig handeln. Als mein Freund. Freunde auf ewig."

Price sackt zu Boden und verstirbt mit einem letzten Aufschrei. Doktor Haber untersucht ihn und schüttelt verzweifelt den Kopf. Sie hat den Namen gehört, mit dem Price Gabriel angesprochen hat.

„Grüß Gott von mir."

Sie schaut Gabriel an, versteht seine Worte nicht.

Er erwidert den Blick mit wachen Augen.

Sie denkt nicht nach, sondern handelt. Mit wenigen Handgriffen ist er frei. Der mit der höchsten Sicherheitsstufe belegte geheime Gefangene des Vereinten Europa, um den sich die Europian Secret Division persönlich gekümmert hat.

Er stößt sie zur Seite und reagiert mit unglaublicher Geschwindigkeit. Seine Handlungsweise ist bereits lang geplant gewesen. Mit einem Satz hechtet er über den Tisch, greift eine leere Spritze aus dem medizinischen Rollschrank und postiert sich an der Tür. Sie hört die Schritte kaum, als er bereits reagiert. Er reckt sich um den Türrahmen und stößt mit der Nadel zu. Sein Daumen presst den Pfropfen tief hinein, und die reine Luft, die sich in der Blutbahn des Eindringlings ausbreitet, tötet den Gegner. Gabriel greift das großkalibrige Gewehr und wendet sich um.

„Los!"

Sie packt das Infusionsgerät und rennt hinterher.

Er kennt den Weg. Vor seinem Schlaf hat er oft in dieser Basis trainiert. Er kennt den Notfallausgang. Dieser Ausgang war extra für die Erzengel geschaffen worden. Denn man dachte einmal, dass die Erzengel für die Sicherheit des Vereinten Europas sehr wichtig sein werden, und man hatte Sicherheitsvorkehrungen getroffen, sie zu schützen.

Sie gelangen zu einer mit Codeschloss versperrten Tür, und Gabriel gab eine Nummer ein. Die Tür schwingt nicht auf, aber der gefallene Engel drückt nun mehrere Ziffern gleichzeitig und neben der Tür schwingt ein Stück der Wand auf. Er fasst die Ärztin an der Hand, und sie rennen weiter. Hinter sich hören sie, wie sich die Wand schließt.

Hinter sich den Feind. Vor sich kalte Windzüge. Und einem Mann folgend, den sie nicht kennt. Dem sie nicht vertraut. Der Millionen getötet hat, kaltblütig. Aber der in ihrer Abhängigkeit steht. In dem vermoderten höhlenartigen Gang stinkt es ekelerregend. Sie gelangen zu einer seltsamen metallenen Klappe. Gabriel reißt sie an einem Griff aus der Wand heraus, dahinter ist eine lange dunkle Röhre zu erkennen, und er nimmt einen ledernen Beutel hinaus. Er wirft ihn Doktor Haber zu.

„Ziehen Sie das an."

„Äh, ich..."

„Schnell."

„Ja."

…

„Das ist ein Badeanzug."

„Nicht sehr modern? Anziehen."

…

„Und jetzt?"

Gabriel zieht aus der Röhre eine riesige Kapsel, die groß genug für einen Menschen ist und auf Schienen liegt. Sie ist oben offen. Er steigt in die Kapsel und legt sich hinein.

„Kommen Sie her."

„Ich …"

„Wir haben wenig Zeit. Legen Sie sich zu mir."

Sie klettert zu ihm in die Kapsel. Ihre Sachen kommen in die Nähe ihrer Füße, und Gabriel macht einige Verrenkungen bis er den gesuchten Knopf findet und feste eindrückt. Die Kapsel schließt sich. Kein Spalt führt nach draußen.

„Notfallvorrichtung aktiviert. Countdown: Fünf, Vier", spricht eine befremdlich klingende Stimme.

„Was passiert nun?"

„Mögen Sie Achterbahn?"

„Drei"

„David?"

„Zwei"

„Das ist mein Vorname."

„Eins. Start."

Sie erfahren einen leichten Ruck, die Kapsel bewegt sich, danach erfolgt eine extreme Beschleunigung. Es ist eng. Sie spürt seine Kälte, er ihre Wärme. Er entspannt sich, konzentriert auf die nächsten Geschehnisse.

Wie ein gewaltiger Torpedo donnert die Kapsel durch einen Beschleunigungskanal, sie wird schneller und schneller. Ein Rauschen wird hörbar und es scheint, als werden daraufhin alle anderen Geräusche, wie das vorherige metallene Kratzen, gedämpft. Die Kapsel taucht ins Wasser ein, sie ist ein personenbefördernder Torpedo.

„Wohin bringt es uns?"

„In Freiheit."

„Es gibt keine Freiheit mehr. Alles was ich Dir sagte, ist wahr. Dein Freund Price ist für die Freiheit gestorben. Er war doch Dein Freund, oder?"

„Er ist mein Freund."

„Nun passt Gott auf Ihn auf."

„Wir sind beide Atheisten."

„Das macht Gott nichts aus. Er mag Euch dennoch. Gabriel, Du wirst die Welt retten."

„Nein."

„Die Menschheit braucht Dich."

„Nein. Niemand braucht einen tödlichen Engel."

„Dieses eine Mal brauchen wir einen. Von mir aus auch den Gefallenen persönlich. Hilf uns David, oder ich setze Deine Droge ab. Ohne mich wirst Du sterben. Dein Überlebenswille lässt das nicht zu. Du bist von mir abhängig."

„Scheiße."

„Du wirst uns helfen."

Die Kapseldecke springt auf und Wasser dringt herein. Die beiden tauchen bis zur Oberfläche auf und schnappen nach Luft. Sie schwimmen an den nahen Strand. Es ist ein hübscher sonnenbeschienener Sommernachmittag. Gabriel keucht und legt sich in den weichen Sand, der nun an seinem Körper klebt.

In kleinerer Entfernung liegen anderer Menschen, aber es sind recht wenige. Die junge Frau kommt neben ihm zur Ruhe. Gabriel umklammert immer noch den wasserdichten Beutel, in dem er die Infusionspistole verstaut hatte. Ihre Kleidung liegt am Grund des Meeres.

„So weit, so gut. Wir leben noch."

„Ja, Frau Doktor."

„Vielleicht sollten wir uns endgültig bekannt machen?"

„Wir kennen uns doch. Ich bin David, oder Gabriel, und Sie sind Doktor Haber."

„Lassen wir das Spiel. Wir sind aufeinander angewiesen. Wir sind in einer chaotischen Welt, können niemanden Vertrauen und stehen vor den wichtigsten Entscheidungen der Menschheit. Ich bin Valerie."

„Ich bin David."

„Wie heißt Du wirklich, ich meine mit vollem Namen?"

„Das ist unwichtig. Ich bin ein Erzengel, ein Seraphim. Mein Projektname ist Gabriel."

„Lüge mich nicht an. Dein alter Charakter wohnt stets in Dir, Deinen Charakter kannst Du nicht abgelegt haben. Und ich glaube nicht, dass das Projekt fehlschlug. Sag mir die Wahrheit."

„Was ist schon Wahrheit. Ist es wichtig? Nenn mir die Fakten dieser Welt, Valerie."

„Planmäßig soll Morgen das sogenannte Control Center in eine Umlaufbahn geschossen werden. Es wird die gesamt Welt, jeden Einzelnen überwachen und die Handlung jedes Einzelnen kontrollieren. Kein Soldat konnte etwas gegen die neue Technologie ausrichten. Und wir sahen nur noch in Dir eine Chance, weil Du den Gegnern trotz ihrer Technologie überlegen bist. Wir wurden wohl verraten oder entdeckt, obwohl wir dachten, erst das CC, das Control Center, würde uns finden. Wir werden es schwer haben. Bei jeder verdächtigen Handlung findet uns das CC. Trotzdem müssen wir es schaffen, die Diktatur von Präsident Wellington der Vereinigten Staaten von Amerika zu zerschlagen. Das sind die Fakten. Ich weiß nichts weiter. Ich kann die Lage gern später detaillierter beschreiben."

„Das CC, überwacht es ständig?"

„Nur den Teil der Welt, über dem es sich befindet. Aber ich weiß nicht, wie wir das Feststellen wollen."

„Zuerst einmal muss ich die Situation besser abschätzen können. Wir müssen einen Unterschlupf finden. Ich denke, die alten gibt es nicht mehr, beziehungsweise sind zu gefährdet."

„Ich habe eine Freundin, die in der Nähe wohnt. Wir könnten uns hinfahren lassen."

„Taxis gibt es also noch?"

„Ich denke schon. Aber wir brauchen etwas anzuziehen."

„Kein Problem. Ich habe Kreditkarten. Auch wenn ich Gefangener war, die Notfallvorrichtungen für den letzten gefallenen Erzengel sind weiterhin gepflegt worden", er sieht sie ernst an.

Ein Griff in die Innenseite seiner Badehose fördert eine kleine Kunststoffkarte zutage. Sie grinst ihn an. In einem kleinen Strandladen lassen sie sich neu einkleiden.

EIN GANZ NORMALES LEBEN

Ein ungepflegter Hausflur, dritte Etage im Treppenhaus. Schlecht beleuchtet und Kinderschreie von unten. Ein Hund heult. Valerie drückt die Klingel. Es dauert, und David liest Junghaar auf dem Namensschild. Die stabile Tür öffnet sich. Eine junge Frau, kurz geschorene Haare. Ein hübsches Gesicht. Kleine Ohrringe und einen Nasenstecker.

„Wer … Valerie! Du besuchst mich?"

„Hi, Denise. Schön Dich zu sehen. Ich bin mal wieder in der Stadt. Du hast Dich verändert."

„Kann man wohl sagen, Valerie. Ist das Dein Freund? Kommt doch rein."

Sie betreten die helle, designermäßig eingerichtete Wohnung, die steril erscheint, da kaum persönliche Dinge zu finden sind. Einzig ein paar Zeitschriften liegen unordentlich auf dem Glastisch im Wohnzimmer. Sie setzen sich alle um den Tisch auf einer weichen Stoffcouch, Valeries Freundin auf einen Sessel.

„Also, seid ihr befreundet? Oder gar verheiratet? Man hat ja so lange nichts von Dir gehört."

„Er ist mein Freund."

„Wie heißt Du, junger Mann?"

„Ich bin David. Genau genommen David Gabriel, aber wer interessiert sich schon für Nachnamen", grinst er Denise an.

Valerie schaut ihn verwundert an. Sie versteht. Er kann schnell schalten, er analysiert schneller. Sie hätte verdächtiger geantwortet. Auch sein Grinsen sieht echt aus. Sie glaubt aber nicht, dass er tatsächlich gut gelaunt war. Er muss eine perfekte Körperkontrolle besitzen, die selbst diese zur Schau gestellten Emotionen ermöglicht.

„Hi, David. Wie lange seit Ihr zusammen? Habt Ihr Euch in England kennengelernt?"

„Ja, Denise. Ich hatte keine Zeit zu schreiben. Wir waren zu …"

„… beschäftigt."

„David!", ruft Valerie rasch.

„Schon gut, Valerie. Ich kann mir gut vorstellen, was Ihr getrieben habt. Habt Ihr schon ein Quartier?"

„Eigentlich nicht, Denise. Ich dachte vielleicht …"

„Na klar. Ihr wohnt hier. Ist eh reichlich unsicher draußen."

„Du meinst wegen …"

Gabriel unterbricht seine neue Partnerin: „Valerie und ich haben lange darüber diskutiert. Wir glauben aber, es war nötig. Dieser Wellington scheint seiner Sache sehr sicher zu sein, und er hat ein ehrenwertes Ziel. Man muss ihn unterstützen. Aber Du hast recht, Denise, diese verdammten Intriganten und Machtsüchtigen die immer noch versteckt rumlaufen, machen das Leben unangenehm."

„Ganz meiner Meinung, David. Valerie, Du hast Dir wirklich einen netten Freund ausgesucht. Ich verabscheue diese Leute, die der Entwicklung entgegenwirken wollen. Ich bin jetzt Mitglied in der Entwicklungspartei. Wir unterstützen Wellington, wie immer wir können."

Valerie wirkt entsetzt, aber David lenkt die Anhängerin der neuen politischen Strömung ab.

„Hm, Valerie ist erschöpft von der langen, anstrengenden Reise. Hast Du Dich wegen dem Beitritt zur Partei verändert, Denise, wie Valerie es vorhin sagte?"

„Ja. Ich dachte mir, ich fange ein neues Leben an. Die Menschheit schreitet voran und lebt von der Veränderung.

Ich wollte das sichtbar machen und habe mir die Haare abgeschnitten."

„Es steht Dir sehr gut, Denise. Du hast von der Entwicklungspartei gesprochen. Wir überlegten ebenfalls beizutreten, haben es aber verschoben, da wir erst die Reise antreten wollten."

„Es wundert mich, dass Ihr ohne Probleme herkommen konntet. Die Kontrollen sind wegen der Feinde der Menschheit sehr streng."

„Ja, Denise, aber wir sind keine Feinde der Menschheit, und ich habe einflussreiche Freunde."

„Ich freue mich über den Besuch. Habt Ihr schon gegessen?"

David lächelt Valerie zu, sie versteht diese Ironie des Schicksals, bei der Frage, die sie dem Erzengel oft gestellt hatte. Er beruhigt sie mit diesem simplen Satz.

„Ich würde gerne etwas zu mir nehmen. Wie steht es mit Dir, Schatz?"

Valerie blickt ihm tief in die Augen und fragt sich, woher die starke Veränderung kommt. Sie hatten ihn genetisch programmiert, aufs Überleben. Gesichert wird diese genetische Direktive durch die genetisch gesteigerten Kampfinstinkte. Aber da ist mehr. Überleben auf einer anderen Ebene. Nicht durch Sieg im Kampf.

Sie hat einen intelligenten Menschen vor sich, einen ehrenvollen Offizier. Er überlebt durch Anpassung. Das ist der Schlüssel, sie hatten ihn auf Anpassung programmiert. Sein Ausgangscharakter war tatsächlich verändert worden, wenn das in seinen Akten angegebene ursprüngliche Persönlichkeitsprofil korrekt war.

„Gern. Aber nur wenig."

„Ich werde Euch etwas kochen."

„Wir helfen Dir, Denise."

„Du kannst kochen, David?"

„Nur weil ich mich oft drücke, liebe Valerie, bedeutet es nicht, dass ich nicht auch ein paar Tricks in der Küche beherrsche. Und als junge Ärztin schneidest Du am Besten das Fleisch."

„Auf geht es, Ihr Turteltäubchen."

„Das legt sich noch", scherzte Gabriel.

Nach belanglosem Plauschen über alte Zeiten, zu denen David es immer wieder vermochte etwas zu sagen, als hätte Valerie ihn über ihr Leben informiert, sitzen die drei wieder im Wohnzimmer. Denise und Valerie belegen die Couch, David liest die Tageszeitung auf dem Sessel. Valerie genießt die Auffrischung der Jugenderinnerungen und vergisst für eine Zeit ihre Probleme.

„He, Valerie, heute kommt der alte Film, den wir beide immer gesehen haben. Weißt Du? Hast Du David es erzählt?"

„Ach, Du meinst den. Den brutalen blutigen Klassiker, bei dem im Kino keiner lachen konnte. Nur wir haben uns auf den Stühlen gerollt. Wir hätten vorher nichts trinken sollen."

„Dann hätten wir weniger Spaß gehabt. Komm, lass ihn uns gucken. Ich werde ihn aufrufen."

„Oh, Denise, wir werden wieder endlos rumblödeln und lachen. Immer wenn wir den Film gemeinsam schauen, fühlen wir uns wie aufgelöst."

„Das wird lustig. Nobody is as hard …"

„… as Harder."

David konzentriert sich auf sein Magazin und findet

interessante Informationen, während die zwei Freundinnen schallend lachend ihren Lieblingsfilm genießen. Ein blutiger Actionreißer ohne Humor. Etwas bohrt sich in sein Hirn. David schaut überrascht hin und her. Etwas stört ihn, der Zeitungsmonitor wippt leicht. Die Frauen bemerken es nicht. Sein Blick fällt auf die Fernsehleinwand, die die Frauen so fesselt. Digitales Fernsehen. Ruf auf, was Du erleben willst. Filme nach Wunsch. Video on demand.

Seine Augen nehmen das Bild auf, seine Nerven transportieren es weiter, und sein Gehirn ist schnell genug es zu entdecken und zu analysieren. Er schließt die Augen, versucht zu filtern, was seine Ohren an Schwingungen aufnehmen. Überhören der Frauen, das innere Augenmerk auf die Fernsehgeräusche richten.

Da ist etwas. Genaueres untersuchen des Geräusches. Entschlüsselt. Verstehen. Sein Kopf schwenkt wieder, die Augen öffnen sich. Er legt die elektronische Zeitung auf den Tisch und verlässt den Sessel. Er kniet sich vor Valerie und streichelt sie sanft. Sehr überraschend.

Denise lacht aus, Valerie stoppt auf anhieb. Es kommt unerwartet. Er berührt ihre Schenkel und bewegt seinen Oberkörper langsam hoch. Er neigt sich zu ihr, ihre Gesichter nähern sich aufgrund seiner Aktivität. Verwirrt starren ihre Augen in seine, die Lippen berühren sich, ihre sind steif. Seine linke Hand streichelt über ihr Haar. Mit der rechten kneift er sie in die Wade und geschickt verhindert die linke, dass ihr Kopf zuckt.

Sie öffnet den Mund um aus einem Reflex vor Schmerz zu schreien, seine Zunge fährt schneller vor. Er küsst sie leidenschaftlich und macht keine Anstalten aufzuhören. Während er immer weiter seine Lippen auf ihre presst, streichelt er sie stetig mehr. Seine Hände gleiten unter ihre Kleidung. Denise, die erst gebannt zuschaut, verliert ihren Unglauben und grinst. Sie schaltet den Fernseher aus und steht auf.

„Wow. Jetzt weiß ich, warum er Dein Freund ist. Ich lass Euch besser allein, viel Spaß."

Davids Hände berühren Valeries Wangen, und unauffällig drückt er mit den Daumen ihren Unterkiefer hoch. Sie sollte bloss nicht reden.

„Leihst Du uns ein Kondom?"

„Leihen?", grinst Denise.

Gabriel schaut feixend. Freundlich lächelnd meint Denise: „Natürlich. Etwa nicht darauf vorbereitet gewesen?"

„Alle im Flugzeug verbraucht. Gib mir besser mehrere."

Kopfschüttelnd beäugt sie den jungen Mann und ist sich bei ihm nicht sicher, ob es wirklich ein Scherz ist. Sie greift in eine Vase neben sich auf dem Regal und wirft eine kleine Packung mit reichlichem Vorrat auf das Sofa. Danach dreht sie sich und verschwindet lachend ins anliegende Badezimmer. Dann hörte man Wasserrauschen. David küsst Valerie auf die Stirn und lässt sie los.

„David?", meinte die irritierte Valerie.

Er legt seinen rechten Zeigefinger auf die Lippen und nimmt mit der anderen Hand die Schachtel auf.

„Wir … Du willst mit mir …"

Erneut deutet er an, still zu sein.

Als Denise das Bad diskret verlässt, knien zwei nackte Körper eng umschlungen auf dem weichen Teppich, der Glastisch ist beiseite geschoben. Sie wiegen sich sanft. Denise bleibt eine Sekunde beobachtend im Türrahmen stehen. Sie geht mit ihren Träumen allein gelassen durch den halbdunklen Raum in ihr Schlafzimmer.

„Was für einer Aufgabe gehst Du in der Entwicklungspartei nach, Denise?"

„Ich bin in der Werbungsabteilung."

„Du wirbst also neue Mitglieder?"

„Genau, so könnte man es nennen. Ich informiere über die Wahrheit, und über die Zukunft, die Wellington gestalten wird. Meist ergibt es sich dann von allein, dass die Menschen Mitglieder werden."

„Schade. Dann braucht Ihr wohl keine Hilfe, wenn das quasi von selbst passiert."

„Warum, David?"

„Weißt Du, Valerie und ich, wir haben diese Reise gemacht um hier vielleicht sesshaft zu werden. Sie findet sicher einen Job in einem Krankenhaus, aber bei mir wird es mehr Probleme geben."

„Wieso, David, was machst Du denn?"

„Ich war bis jetzt immer Pilot. Von kleinen Kuriermaschinen. Das hat sich wohl erledigt. Es darf ja keiner mehr fliegen. Wenn Du Kontakte gehabt hättest, und Arbeit da wäre, nun zumindest hätte ich mich mal vorstellen können. Bei den richtigen Leuten."

„So abwegig ist das nicht. Für die Werbungsabteilung wäre es nicht schlecht, wenn ein paar Flugblätter abgeworfen werden würden. Ich könnte nachfragen und dich vorschlagen. Bei all der elektronischen Werbung kommt die alte Sache mit den Flugblättern bestimmt gut. Das ist neu für die Leute."

„Ich wäre Dir sehr verbunden, Denise."

„Der richtige Flughafen ist gesperrt, aber der ehemals militärische ist von der Entwicklungspartei in Obhut genommen worden. Ich werde sehen was ich machen kann. Ihr könnt ja hier bleiben, wenn ich zur Arbeit gehe. Ich rufe dann an und sage Dir Bescheid."

Denise steht vom Frühstückstisch auf und wirft die Reste ihrer leichten Kost in den Abfalleimer. Ihr Blick fällt auf eine geleerte Pappschachtel. Er hatte es gestern Nacht ernst gemeint.

Valerie versucht mehrfach David auf gestern anzusprechen, nachdem Denise gegangen ist. Doch Gabriel winkt ab und plaudert über gemeinsame Erlebnisse, die sie niemals hatten, und über ihre Zukunftspläne in dieser Stadt.

Er liest Wohnungsanzeigen laut vor und tätig sogar einige Anrufe. Sie verhalten sich, wie ein junges Paar, dass in der Wohnung einer Freundin auf deren Heimkehr wartet und zwischenzeitlich eine neue Bleibe sucht.

GRIFF ZU DEN STERNEN

Die Telekommunikationseinheit gibt die üblichen Geräusche bei einem Anruf von sich. Es ist bereits spät geworden, und David hat nicht mehr damit gerechnet. Nun zeigt sich, dass er doch Erfolg gehabt hat, als er das Gespräch mit Denise gezielt in eine Richtung gelenkt hatte.

Er hatte den Namen von Denise vor dem Gespräch beim Frühstück in der Zeitung gelesen, bei einer Einladung zum Informationsabend am kommenden Freitag. Er hatte somit von ihrer nützlichen Verbindung gewusst. Denise hat es ihm leichter gemacht, als gehofft. Er befürchtete vorher, länger auf sie einreden zu müssen. Doch die kleine Anspielung auf die Jobsuche hat ausgereicht.

Sie haben die Adresse und einen Namen, nach dem sie fragen sollen. Ein Taxi hilft ihnen erneut aus und bringt sie an den gesuchten Ort, den alten Militärflughafen der Europäischen Verteidigungsarmee. Sie erhalten schnell Einlass. Das Wachpersonal ist informiert.

Gabriel betrachtet aufmerksam die neuartigen Waffen, welche Wellingtons Soldaten tragen. Er nimmt jedes Detail zur Kenntnis. Man bringt sie in ein Hauptgebäude und führt sie durch Gänge in ein Büro. Auf dem Schild davor steht Admiral Thomson. David lächelt freundlich, als er den gut gelüfteten Raum mit dem mächtigen Schreibtisch betritt.

„Sie müssen David Gabriel und Valerie Haber sein. Ich bin Admiral Thomson. Mrs. Junghaar meldete mir Ihr erscheinen. Ich denke, wir könnten eine Beschäftigung für Sie finden, Mr. Gabriel. Setzen Sie sich doch."

Während David beginnt zu reden, bemerkt er, dass ein bewaffneter Soldat hinter ihnen steht, und das der Admiral ein ihm unbekanntes Pistolenmodell an einem Gürtel trägt.

„Das wäre sehr aufmerksam und nett von Ihnen. Ich befürchtete hier keine Arbeit zu finden, und mit Valerie nicht hierbleiben zu können. Sie retten uns sozusagen."

„Gern geschehen. Das ist unsere Aufgabe in Europa. Könnten Sie mir näher erklären, was für Flugzeuge Sie bisher geflogen sind?"

„Natürlich. Leider nie besonders große und schnelle Flugzeuge. Bislang hatte ich lediglich kleine Kuriermaschinen, die mir anvertraut wurden. Ich habe mir seit ein paar Jahren immer gewünscht einen richtigen Flieger zu steuern. Das begann, nachdem ich auf einer dieser Flugshows in einem – natürlich stehenden – Europian Defense Weaponship gesessen habe. Das hat mich dermaßen begeistert."

„Mit den EDWs kann ich Ihnen leider nicht dienen. Die sind zwar noch hier stationiert, aber niemand darf sie benutzen."

„Daran habe ich auch nicht gedacht. Nun Admiral, ich werde fliegen, was immer Sie mir geben werden. Und ich werde es gerne tun."

„Sie bekommen erst einmal ein kleines Zivilflugzeug, mit dem Sie für die Werbeabteilung arbeiten werden. Das heißt, erst kommt die routinemäßige Kontrolle. Aber die werden Sie bestehen. Ich denke, innerhalb von zwei Tagen sind ihre Papiere überprüft, und Sie bekommen meine Genehmigung. Mrs. Junghaar sagte mir bereits, dass sie solange bei ihr wohnen dürfen. Danach dürfte die Wohnungssuche auch einfacher werden."

„Ja, Denise ist sehr nett. Darf ich Ihnen meine Papiere gleich geben?"

„Ja, dass erleichtert uns die Arbeit."

David greift in seine Tasche und reicht dem Admiral seinen gefälschten Ausweis. Valerie zittert leicht. Sie bekommt Angst. David wendet sich ihr zu. Er spürt ihre Angst.

„Na Kleines. Ist das nicht wunderbar? Ich bekomme tatsächlich Arbeit. Besser kann es doch gar nicht laufen, oder Schatz?"

Er beugt sich von seinem Sitz hinüber zu ihr, und küsst seine Partnerin sanft auf die Lippen. Endlich lässt das Surren in seinem Kopf ganz nach, dass ihn seit heute Morgen quält und in der letzten Zeit ständig abgeklungen war. Er bewegt seinen Kopf ein wenig zurück und lächelt sie an. Der Erzengel Gabriel begibt sich in Aktion. Der Seraphim, der sechsflügige göttliche Himmelsbote an der Spitze der Engelhierarchie.

Gabriels linker Arm fällt aus und ergreift den Brieföffner vom Schreibtisch. Der irritierte Soldat nimmt aufgrund der schnellen Handlung sicherheitshalber seine Waffe in Anschlag. Zu spät. Der Brieföffner fliegt auf ihn zu und erwischt ihn an der Kehle. Durchbohrt verlieren seine Beine jeglichen Halt. Der Admiral zieht die Waffe aus dem Gürtel, als das hölzerne Stuhlbein seinen Kopf deformierte. Valerie sitzt erstarrt vor Schreck in ihrem Sitz, während der Seraphim den Wachsoldaten endgültig ausschaltet und den Ausweis, die Pistole und das Gewehr einsammelt, bevor er Valerie aufrüttelt.

„Los."

„Was? Wieso? Vorhin hast Du Dir …"

„Nicht jetzt. Das Control Center überwacht uns nicht mehr.

Wir müssen handeln und weg hier. Vertrau mir. Ich habe es Dir versprochen. Komm."

Sie folgt ihm und er bringt sie schnell und sicher durch die Flure ohne bemerkt zu werden, bis zu dem Ausgang des Gebäudes. Draußen steht ein kleiner Militärjeep ohne Verdeck. Er schluckt einmal und rennt los.

Den Wachhabenen hinter der kleinen Glasscheibe erschießt er mit dem neuen Gewehr, dessen Handhabung er vorhin erfasste, als der Soldat es auf ihn richten wollte. Valerie läuft dicht hinter ihm und sie springen in den Jeep. Gabriel startet den Wagen, dessen Schlüssel stecken, und er erinnert sich gleichzeitig an den ungefähren Aufbau einer europäischen Militäranlage.

Der Wagen rast auf die Hangare zu. Während er mit einer Hand lenkt, nimmt er gleichzeitig die Umgebung detailliert wahr und tötet gezielt die Personen, die den Jeep aufhalten wollen. Er steuert in Richtung eines Hangars, der verlassen und abgeschottet wirkt.

Quietschend kommt der Militärgeländewagen abrupt davor zum Stehen und Gabriel nutzt die wenigen Sekunden Vorsprung um alle Schlösser der kleinen Tür aufzuschiessen, die in den Hangar führt. Valerie sieht, dass diese ungewöhnlich geformte Waffe auf konventionelle Weise funktioniert.

Stählerne Patronen mit der besonderen Ladung fahren aus der Mündung und demolieren ihr Ziel. Die Waffen sehen lediglich ein wenig futuristisch aus. Gabriel tritt die zerstörte Tür auf, und sie laufen zügig hinein und durch die Halle. In dem Hangar befinden sich zehn Europian Defence Weaponships, wie Gabriel schnell wahrnimmt. Er geht im Lauf weiter zu dem EDW, das er sich ausgesucht hat und klettert an einem Flügel hinauf.

Auf gewohnte Weise öffnet er das Cockpit und begibt sich hinein. Ein wenig sentimental streicht er den Steuerknüppel und gibt den Erzengel Sicherheitscode auf der Tastatur ein, der seit Beginn des Projektes Erzengel in allen EDWs eingeführt und niemals vernichtet worden war, während Valerie auf den freien Zusatzsitz hinter ihm Platz nimmt.

„Erzengelprogramm aktiviert. Bitte Steuerungskopplung anlegen."

Gabriel legt sich den metallenen Ring um die Stirn und übernimmt die Kontrolle des Flugzeuges mit seinem Gehirn. Diese Methode war extra für Erzengel entwickelt worden. Das Cockpit schließt sich, als die ersten gegnerischen Soldaten den Hangar betreten, und die Triebwerke zünden.

Eine Rakete zerstört das Schott, und das EDW donnert los. Nichts kann Gabriel in diesem Flugzeug aufhalten. Mit einem Flugzeug selber Bauart hatte er die größte Sünde der Menschheit begangen. Aber diesmal würde es ihn an den Ort bringen, an dem er Buße für seinen Fehler ableisten kann. Er bringt das EDW in die Luft und nimmt Kurs auf Amerika, die volle Geschwindigkeit des EDWs ausnutzend.

Wenige Momente nach ihm starten die Alien Technology Fighter mit dem Auftrag ihn aufzuhalten. Sie sind unglaublich schnell und sind in Sekunden an dem EDW vorbeigezogen um in endlicher Entfernung zu verlangsamen und auf Angriffsgeschwindigkeit zu gehen. Die Piloten der ATFs sind sich sicher, die Angelegenheit in Kürze bereinigt zu haben.

Sie übernehmen die manuelle Angriffssteuerung und ändern die Flugrichtung auf Kollisionskurs mit dem

Europian Defence Weaponship. Ihr Waffen sind bereit. Die Piloten der ATFs erwarten entweder die Flucht des Gegners mit voller Geschwindigkeit, oder Verlangsamung um den Kampf aufzunehmen.

Aber dies war nicht die Handlungsweise eines Erzengels. Der Seraphim, der über allen anderen Geschöpfen des Himmels steht, nimmt den Kampf bei vollem Schub der Triebwerke auf. Keine Verlangsamung.

Manuelle Kontrolle bei menschenunbändiger Geschwindigkeit. Der Erzengel handelt schneller, als die Piloten der ATFs denken können. Bevor Gabriel seine Waffen aktiviert, wendet er sich Valerie zu.

„Kleines, alles OK?"

Ihr scheint der Flug nicht gut zu bekommen. Sie ist blass an den Wangen und starrt geradeaus.

„Ich bringe uns jetzt hier raus, Valerie. Vertrau mir. Du wirst gleich bewusstlos werden, weil kein Mensch dieses Manöver bei der Geschwindigkeit aushält."

Sie will etwas erwidern, aber er reißt den Steuerknüppel zu sich, und die Maschine zieht mit wenig Abstand von den ATFs steil in die Höhe. Sie wird in die Sitze gepresst und fühlt das Blut in ihrem Kopf pulsieren.

Der sechsfach geflügelte Engel stürzt in einem Anflug voller Gewalt vom Himmel hernieder und bringt die göttliche Allmacht unter die Menschen. Er verteilt die Gnade, die allen am Ende zuteil wird, doch für die Piloten der Alien Technology Fighter bleibt keine Gnade übrig. Der Soldat der Europian Defence Army hat vor langer Zeit gelernt zu töten.

Später hatte er es mit Abscheu angewandt, als er vor die

Wahl gestellt wurde, Beute oder Jäger zu sein. David war ein guter Soldat, loyal und ehrlich und stets bemüht den rechten Weg zu gehen. Er hatte in Krisengebieten gedient und teilweise nur dank seiner Freunde überlebt. Er hatte nie vorschnell gehandelt und nur getötet, wenn dies zu Verteidigungszwecken seines oder anderer Leben nötig gewesen war, in Kampfeinsätzen an der Front. Dann kam die Zeit des Friedens.

Er führte innerhalb der Armee Ermittlungen und war lange nicht mehr aktiv an Kampfeinsätzen beteiligt. Später wurde er dann Mitglied des Special Protection Corps. Dann war der Soldat aufgrund seiner Treue und seiner Auszeichnungen für das Projekt Erzengel erwählt worden. Kurz zuvor hat er an einer Aktion des Dienstes teilgenommen, was diesen auf ihn aufmerksam gemacht hatte.

Die Anfrage bezüglich des Projektes kam zur rechten Zeit. Nach einem familiären Tiefschlag suchte der Soldate einen neuen Sinn im Leben. Er nahm das Angebot freiwillig und gern an. Er war ein Soldat, er ist ein Soldat.

Wenn er vor die Wahl gestellt wird, Jäger oder Beute, steht seine Wahl fest. Trotz der Überlegenheit ihrer Waffen und obwohl Gabriels Anzeigen von den ATFs gestört werden, ist der Erzengel der Jäger und seiner Beute weit voraus. Die fünf ATFs werden völlig zerfetzt und nur ein Fallschirm senkte sich nieder. Gabriel ist nur eine andere Bezeichnung für diesen Soldaten. Er lässt den Fallschirm sein Anhängsel retten und nimmt den Kurs wieder auf.

Valeries Kopf senkt sich langsam nach unten, ihre Augen sind geschlossen. David ist beruhigt, nachdem er sieht, dass ihre Lungenflügel sich auf und ab bewegen. Er lächelt und dreht sich wieder zu den Instrumenten, die nach der

Zerstörung der ATFs wieder funktionieren. Er hat viel Zeit nachzudenken, und der Erzengel erinnert sich an seine Herkunft.

TOTE KRIEGER

„Sprechen Sie mir nach … Ich …"

„Ich, David Shellar …"

„gelobe hiermit …"

„gelobe hiermit …"

„das Vereinigte Europa und seine Bewohner …"

„das Vereinigte Europa und seine Bewohner …"

„zu schützen und keinem Befehl zu gehorchen …"

„zu schützen und keinem Befehl zu gehorchen …"

„der diesem Grundsatz widerspricht."

„der diesem Grundsatz widerspricht."

„Jeden anderen werde ich erfüllen, …"

„Jeden anderen werde ich erfüllen, …"

„nicht weil es meine Pflicht ist, …"

„nicht weil es meine Pflicht ist, …"

„sondern um meinen Mitmenschen zu helfen."

„sondern um meinen Mitmenschen zu helfen."

„Hiermit sind Sie in den Dienst zum Schutz Europas aufgenommen. Möge Ihr Wille und Ihre innere Kraft Ihnen helfen, den hohen Anforderungen gerecht zu werden. Ich wünsche Ihnen, dass Sie ihren Vorgesetzten immer vertrauen können und hoffe, dass Sie trotzdem ihren gesunden Menschenverstand einsetzen, wann immer es nötig ist."

Dies war der Anfang David Shellars Karriere bei der Armee des Vereinigten Europas. Er war an einigen militärischen Einsätzen beteilig. In der Vatikankrise, in Irland, an Orten in der Welt von denen die Öffentlichkeit nicht wusste, dass dorthin Truppen entsandt wurden. Der

Einsatz, an den er jetzt denken musste, geschah jedoch auf heimischen Gebiet. Damals war er kein Mitglied der militätischen Elite, des Special Protection Corps. Im Gegenteil. Seine Geschichte bezüglich des SPC begann mit einem toten Krieger.

Es war ein erschreckender, entsetzlicher Anblick. Nicht die Brutalität, die der Tote verkörperte, denn diese war eigentlich nicht vorhanden. Nein, es war die tödliche Präzision einer Elitehandfeuerwaffe. Die automatische Pistole der Zukunft hatte den Kopf nicht etwa vollkommen vernichtet oder grausam verunstaltet, es waren nur zwei Löcher an beiden Stirnhälften zu sehen und jeweils zwei kleine Rinnsale Blut.

Das wahre Mordinstrument, das Geschoß, war in der rechten Kopfseite eingedrungen und hatte den Soldaten an der anderen Seite wieder verlassen, um ihn währenddessen zu töten und in der Zimmerwand unter der Europäischen Flagge zu verweilen. Die Augen des Soldaten waren geschlossen, nicht auf die friedliche Art und Weise eines Schlafenden, sondern verkrampft.

Seine eigene Waffe noch immer in der rechten Hand, lag der Leblose auf dem Fußboden eines Zimmer, dass er sich mit drei seiner Kameraden geteilt hatte. Die grässlich gekrümmte Figur ruhte auf seinem linken Arm, den rechten eingeknickt. Er trug noch seine Uniform, die ihn als einen Soldaten der Elitetruppe Special Protection Corps zu erkennen gab, und die kaum von Blut beschmutzt war, was auch für die Perfektion der Waffe sprach. Zwei gekreuzte Schwerter waren das Abzeichen der Truppe.

Das Bürozimmer war nicht sehr groß. Lediglich der breite Schreibtisch ließ es eindrucksvoll erscheinen. Colonel Palmstedt saß dahinter und hielt eine dünne Akte in seiner Hand. Durch das Fenster konnte man die schöne Landschaft Belgiens sehen und in der näheren Umgebung einige weiße Hubschrauber mit dem Emblem des Vereinten Europas auf ihren Seiten.

Das wundervolle Wetter ließ heute keinen Menschen Böses ahnen, die grauen Wolkenschleier der Vortage waren verschwunden. Colonel Palmstedt seufzte leicht, als er die Sonnenstrahlen durch das Fenster einfallen sah, in Gedanken schon bei seiner Frau, mit der er eigentlich heute in Urlaub fahren wollte. Sie hatten diesen Urlaub lange zuvor geplant, beide fanden es war an der Zeit eine kleine Familie zu gründen. Als seine Gehirnwindungen bei diesem Gedanken ankamen, musste Palmstedt unwillkürlich lachen.

„Rühren Sie sich Lieutenant Commander Shellar. Sie können sich hier setzen", sprach der für seinen Rang sehr junge Colonel mit ungefähr fünfunddreißig Jahren und deutete auf den Stuhl vor dem Schreibtisch.

„Aye, Sir."

Shellar wußte sehr genau, welchem Vorgesetzten er bedenkenlos vertrauen konnte. Er besaß eine sehr gute Menschenkenntnis, und dieser Colonel hatte seine Achtung verdient. Palmstedt hatte David in einem Krisengebiet das Leben gerettet, als er diesen aus einem Schussgebiet unter Einsatz des eigenen Lebens in ein Krankenhaus brachte, als der damals noch recht unerfahrene Soldat eine beinahe tödliche Schusswunde erlitten hatte. Der Einsatz damals sollte einen Angriff von rassistischen Revolutionären auf eine kleine afrikanische Stadt vereiteln.

Diesem Vorgesetzten war Lieutenant Commander Shellar noch einiges schuldig, und er war sich dessen voll und ganz bewusst.

David war nicht der Armee beigetreten, weil im Disziplin und Gehorsam etwas bedeuteten. Und er ordnete sich nur Menschen unter, bei denen er bereit war ihnen seinen ganzen Respekt aufzubringen. David wußte bis jetzt immer genau, wer dafür in Frage kam.

„Ich habe gestern diese Akte hier erhalten. Darin ist der Bericht eines Commander Hoffmanns über den Selbstmord eines Soldaten und der Befehl Colonel Bridgers 'den Todesfall eines erschossenen Soldaten' aufzuklären, der 'die Tatwaffe in Händen hielt'. Ich denke Sie wissen, was das heißt?"

Deutlich hatte David den Unterschied zwischen „Selbstmord" und „Todesfall eines erschossen Soldaten" gehört.

„Jemand will da etwas vertuschen, und wir sollen es aufklären?"

„Jemand will nicht, dass sich andere einmischen. Ich werde es Ihnen erklären, David. Es ist schon einige Jahre her, dass die Eliteeinheit ‚Special Protection Corps' gegründet wurde. Wie Sie wissen, ist dies zwar eigentlich eine Unterorganisation der Europäischen Verteidigungsarmee. Aber diese Leute halten sich für etwas besseres und uns für den letzten Dreck. Seit dem es das Militär gibt, gibt es Menschen, die es abschaffen wollen, da sie denken, es wird nicht benötig, oder ist zu gefährlich. Eine Armee wird nicht von Politikern gelenkt, sondern von Generälen. Die Politiker können der Armee nur so lange vertrauen, wie sie den Generälen vertrauen können. Die Menschen unserer Zeit, die besonders Angst vor der Gefahr haben, dass sich das Militär gegen sie wendet, waren es, die sich für die Gründung dieser Eliteeinheit einsetzten. Diese Einheit ist zwar offiziell ein Teil unserer Armee, in Wahrheit untersteht sie aber nur den Regierenden und dient deren Schutz. Die Angehörigen der Eliteeinheit wurden nicht nur dazu ausgebildet äußere Feinde zu töten, sondern sie wurden auch darauf gedrillt gegen uns zu kämpfen. Sie hassen uns, das ‚normale' Militär. Und sie können nicht glauben, dass Unzulänglichkeiten bei ihnen existieren. Deshalb stellen sie sich gar nicht erst die Frage, ob dieser Vorfall wirklich ein Selbstmord war. Colonel Bridgers gehört zwar auch zu dieser Eliteeinheit, aber er kennt die Probleme der Einheit, und deshalb bat er mich einen Untergebenen meiner Einheit, einen ‚normalen' Soldaten zu schicken und ihn mit der Aufklärung zu beauftragen. Ich denke er versucht bewusst Europian Command erst einmal rauszuhalten, nachdem die Militärpolizei des SPC einen Selbstmord festgestellt hat. Meines Erachtens will Bridgers bloss sichergehen, was ihn ehrt. Meine Wahl fiel auf Sie, Lieutenant Commander Shellar. Wir beide wissen, dass wir einander vertrauen können. Es wird viele Probleme geben. Die werden nicht wahrhaben wollen, dass es ein Mord gewesen sein könnte. Und man wird Sie hassen und Ihnen das Leben dort schwer machen. Aber Sie schaffen das schon.'

Der Colonel wußte von Davids zwischenmenschlichen Problemen. David versuchte auf andere Menschen einzugehen, aber immer wieder erschwerten gerade die Menschen die David etwas bedeuteten seine Anstrengungen.

Der Colonel spürte zwar, dass für David Verachtung und Ignoranz seelische Grausamkeiten bedeuteten, aber er glaubte dennoch fest, David diesen Auftrag zumuten zu können. Er benötigte einen Mann der genug Erfahrung hatte, und der auf sich selbst aufpassen konnte.

„Aye, Sir. Ich denke, dass macht mir keine größeren Probleme."

David schob sein Kinn noch etwas weiter nach vorne um sich einen energischen Ausdruck zu verleihen. Palmstedts Gesicht blickte weiterhin ernst, aber innerlich freute er sich über Shellars positive Antwort.

„Hier ist der Bericht von Commander Hoffmann und Ihr Einsatzbefehl. Viel Glück! Denken Sie daran, was die Ermittlungen betrifft, haben Sie uneingeschränkte Autoritätsgewalt. Allerdings fürchte ich, dass es trotzdem Probleme mit dem SPC geben wird."

„Danke Sir."

Valerie erwacht. Ihre Augenlider zittern beim Öffnen, und sie holt lauthals Luft.

„Gabriel?"

„Hallo Valerie. Wie geht es Dir? Ich habe mich bereits gesorgt."

„Danke. Mir geht es sehr gut. Erklärst Du mir jetzt bitte alles, David?"

„Natürlich. Was möchtest Du wissen?"

„Erst einmal, woher weißt Du, wann das Control Center uns überwacht?"

„Ich nehme es wahr."

„Wie meinst Du das?"

„Ich spüre es. Schwierig zu erklären. Meine erhöhte Verarbeitungsgeschwindigkeit lässt mich mit meinen Sinnen Wellen wahrnehmen, die nicht mehr im fassbaren Bereich für Menschen liegen. Als das Gefühl heute morgen begann, dachte ich mir gleich, dass dies das CC sein muss. Deshalb lenkte ich ständig ab und verhielt mich unauffällig. Im Büro ebbte das Gefühl immer mehr ab, deshalb gab ich dem Admiral meinen Ausweis. Ich wollte ihn hinhalten, bis das CC die Kontrolle ganz aufgab. Dann schlug ich zu. Soweit so gut. Wenn das Gefühl wieder startet, gebe ich Dir einen unauffälligen Wink. Ich denke, wir müssen in die Vereinigten Staaten um mehr herauszufinden."

„Und gestern? Was sollte die Aktion in der Nacht? Warum hast Du mit mir geschlafen?"

Er wendet sich und blickt ihr in die Augen. Seine Pupillen funkeln leicht, und er lächelt, teils ein wenig schüchtern. Valerie schaut überrascht.

„Was?", bohrte sie fragend.

„Ich habe mich an Dich gewöhnt und mag Dich."

„Deshalb hast Du mit mir geschlafen?"

„Vielleicht."

„Ich kenne Dich nicht, David. Aber ich bin bereit Dir eine Chance zu geben. Aber sag die Wahrheit."

„Ich habe nicht einfach mit Dir geschlafen. Ich habe meine Zuneigung lediglich körperlich ausarten lassen. Der Hauptgrund war allerdings etwas anderes. Ich bemerkte seltsame Geräusche, die ich analysierte. Sie benutzen unterschwellige Botschaften zur Beeinflussung. Sie verstecken Bilder und Texte im Filmprogramm, welche Menschen nicht mit dem Bewusstsein wahrnehmen, die sich jedoch im Unterbewusstsein verankern und den Charakter verändern können. Ich wollte Dich schützen und musste Dich ablenken. Der Rest hatte sich dann ergeben, eigentlich dachte ich nicht daran es wirklich …"

„Soso. Wir sollten das wiederholen."

Valerie gibt ihm während des Fluges seine nächste Infusion, als beide bemerken, dass er Krämpfe zu erleiden beginnt.

TAG UNTER WÖLFEN

David Shellar war nicht besonders groß, er maß einen Meter achtundsiebzig. Er wirkte damals recht schmächtig, schwach und harmlos. Sein freundliches Lächeln, welches er eigentlich immer aufsetzte, ließ ihn hilflos erscheinen. Manche hielten ihn deshalb für naiv und oft auch für tolpatschig, nichtwissend, was wirklich in seinem Inneren geschah.

Das Ausbildungscamp, das Davids Einsatzort war, war ein Camp für wenige. Der Special Protection Corps hatte noch nicht viele Mitglieder und dabei sollte es auch bleiben. Es war geplant hiermit eine kleine Organisation zu schaffen, die besonders gut ausgebildet war und welche die beste Ausrüstung erhielt, doch alles sollte in einem kleinen Kreis bestehen. Das Camp beherbergte circa zweihundert Elitesoldaten. Tag für Tag wurden sie trainiert, auf bessere Reflexe, Körperbeherrschung, Taktik, Waffenkunde und auch in geistigen Dingen. Moral, Ethik und den Hass auf das unzuverlässige Militär.

Shellar hatte den Bericht mittlerweile gelesen. Commander Hoffmann hatte den Vorfall damit abgetan, dass er behauptete, der tote Soldat wäre mit privaten Problemen überfordert gewesen und hätte daraufhin Selbsttötung einem Weiterleben vorgezogen. Er wäre nicht der Richtige für das Special Protection Corps gewesen. Der ganze Bericht war so geschrieben, dass man dachte, er handle von einer Nichtigkeit.

Der weiße, kleine Militärbus hatte das Tor und die

Wachposten passiert und hielt auf der Betonfläche. Shellars Augen erblickten das verhältnismäßig kleine Ausbildungslager. Es bestand aus einem großen L-förmigen Gebäudekomplex, davor eine Betonfläche als Exerzierplatz und einer Halle in der technisches Material und Trainingsmöglichkeiten vorhanden waren. In einiger Entfernung an der Ecke, die das Gebäude beschrieb, sah der Lieutenant Commander eine Kompanie stillstehen und ein Soldat, wahrscheinlich höheren Ranges, ging durch die Reihen und schien den Zustand der Waffen zu überprüfen.

David zuckte leicht zusammen, als die Tür, an der er saß, aufschwang.

„Guten Tag, Lieutenant Commander Shellar. Ich bin Colonel Leconte. Ich darf Sie beim Special Protection Corps begrüßen."

Etwas verwundert blickte Shellar den Mann an, der vor ihm stand. Ihre Uniformen unterschieden sich kaum. David trug eine schwarze Hose zu dem weißen Oberteil, die Uniform der Eliteeinheit war komplett weiß. Und ihr Emblem, zwei gekreuzte Schwerter befanden sich auf den Ärmeln. Doch nicht die Uniform seines Gegenübers irritierte den Lieutenant Commander, der vor einiger Zeit noch Lieutenant war und erst kürzlich seine Beförderung mitgeteilt bekommen hatte.

„Ich dachte, ich würde Colonel Bridger treffen", sagte er während er ausstieg.

Es war eine bloße Feststellung, kein Vorwurf oder eine Frage.

„Colonel Bridger ist versetzt worden. Seit zwei Tagen leite ich diese Institution. Leider habe ich nicht viel Zeit für Sie. Sehen Sie die Soldaten, die dort exerzieren?"

Es war eine rein rhetorische Frage, und Leconte ließ seinem Gesprächspartner keine Gelegenheit um zu antworten.

„Commander Hoffmann leitet diesen Trupp. Er ist ihre Kontaktperson. Bitte regeln Sie alles mit ihm. Der Tote war Angehöriger seiner Kompanie. Er wird Ihnen alle wissenswerten Informationen geben, so dass Sie Ihren Bericht bald fertig stellen können."

Der Colonel nickte Shellar noch einmal zu, dies ersetzte eine Abschiedsbemerkung. David stand allein vor dem Militärbus. Er griff nach seiner kleinen kompakten Reisetasche und schwang sie sich über die Schulter. Der Fahrer schloss die Tür über eine Konsole im Fahrerraum, und der Wagen glitt geräuschlos davon. Er verschwand in der großen Halle hinter einem Metalltor, das danach zuging.

Shellar setzte sich in Bewegung. Er bemerkte, wie ihn alle anstarrten und fühlte sich, als würde er durch feindliches Gebiet marschieren. Er hatte ein unwohles Gefühl, und es war ihm unangenehm, hier allein zu sein. Lieber wäre er durch ein Minenfeld gekrochen.

Nach einiger Zeit stand er knapp vor der Kompanie. Die Soldaten konnten ihn sehen, ihr Vorgesetzter, welcher vor ihnen stand, schaute aber in die falsche Richtung. Shellar ließ seine Tasche auf den Boden gleiten und stellte sie ab. Er blickte umher. Er hatte einen etwas ängstlichen Blick, etwas das ihm immer in einer ungewohnten Umgebung geschah.

In der Nähe standen mehrere Männer und Frauen die keine Uniform, sondern private Kleidung trugen. Vermutlich hatten sie dienstfrei. Sie lachten während sie ihn anschauten und ab und zu machte einer eine Bemerkung zum Rest der Gruppe. David war sich sehr sicher, dass sie sich über ihn lustig machten. Das dachte er immer.

Er schüttete seinen Kopf, als könnte er seine Gedanken auf diese Weise vertreiben und wandte sich an den Mann, auf den die ganze Kompanie zu hören schien. An dem Abzeichen auf seinem Ärmel konnte Shellar erkennen, dass der Mann den Rang eines Commanders hatte. Der Commander war sehr jung, etwa Mitte zwanzig. Aber das konnte täuschen.

„Commander Hoffmann?"

Langsam drehte sich der hochgewachsene Mann um. Unter der Militärkappe erblickte Shellar ein ernstes Gesicht, dass ihn mit eingehendem Blick musterte um ihn danach abwertend zu betrachten, als wenn irgend etwas an Shellar Ekel hervorrief.

„Special Commander Hoffmann."

Die Betonung lag auf dem ersten Wort und Hoffmann brachte es mit einem gefährlichen Unterton heraus, allerdings mit einer sehr leisen Stimme.

„Special Commander Hoffmann, ich bin ..."

Lieutenant Commander Shellar wollte mitspielen um nicht gleich alle gegen sich aufzubringen, doch der Commander ließ ihm keine Chance. Der Krieg war ausgebrochen, und Hoffmann kämpfte in der Offensive.

„Special Commander First Degree Hoffmann."

Natürlich war dies eine korrekte militärische Bezeichnung, denn er war ein Commander ersten Ranges bei einer Spezialeinheit. Shellar selbst war Commander zweiten Ranges, er war nur Lieutenant Commander. Dies waren die offiziellen Bezeichnungen für Angehörige der Euopian Defence Army, aber im täglichen Umgang unter Soldaten wurden sie nie benutzt, und Shellar hatte zuvor niemanden getroffen, der auf diese Anrede bestanden hatte.

Nun ließ er es sein, weiterhin zu versuchen, Frieden zu schließen und legte bloss alles darauf an, weiteren Provokationen aus dem Weg zu gehen.

„Ich bin …"

„Sie sind Lieutenant Shellar."

„Lieutenant Commander …"

„Unwichtig. Es war nicht nötig, dass Sie herkamen. Ich habe meinen Bericht schon abgegeben."

„Ich werde meinen eigenen nach Untersuchung des Vorfalls schreiben. Nun würde ich gerne …"

Doch der Commander hörte Shellar nicht weiter zu, er hatte sich zu seiner Kompanie gedreht und stellte mit barschen Worten knappe Fragen, die sofort beantwortet wurden.

„Kämper, potentielle Feinde?"

„Sir, Gegner in Krisengebieten, angreifende Nachbarländer, Terrorkommandos, die Europäische Armee, Sir."

„Warum die Armee, Smith?"

„Sir, da ihre Loyalität den Vorgesetzten gilt. Sie besteht aus Personen die charakterliche Mängel aufweisen und könnten sich leicht gegen ihre Heimat, das Vereinigte Europa wenden, Sir."

„Was wollten Sie, Lieutenant?"

Shellar linke Oberlippenseite zuckte, ein Anzeichen, dass er extrem in Wut geraten war. Er hasste es, so gereizt zu werden. Mit einer beachtlichen Willensstärke versuchte er sich zu beherrschen. Knirschend kamen seine Worte.

„Ich würde gerne das Zimmer sehen, in dem der Tote gefunden wurde. Und die Tatwaffe sowie die Leiche."

Noch immer ohne Shellar anzusehen, antwortete der

Commander.

„Sie werden Special Commander Second Degree Berringer danach fragen müssen."

In diesem Moment trat eine Person vor Shellar. Er hatte sie nicht kommen sehen, da er vor Wut nur geradeaus gestarrt hatte um niemanden direkt ansehen zu müssen. Einen winzigen Moment brauchte er, bis sich seine Augen fokussiert hatten, schließlich konnte er das Namenszeichen lesen. Es war Berringer. Er blickte von dem Namensschild hoch und betrachtete sein Gegenüber.

Es war eine junge hübsche Frau die ihn ernst anblickte. Da auch sie eine Militärkappe trug, war es schwer zu erkennen, wie lang ihr schwarzes Haar war, allzu lang konnte es jedoch nicht sein. Sie sprach ihn mit einer schönen melodischen Stimme an.

„Ich bin Offizier Berringer."

Erfreut einmal nicht gleich einen dummen Kommentar und eine unendlich lange militärische Rangbezeichnung zu hören, lächelte Lieutenant Commander Shellar.

„Lieutenant Commander Berringer, Sie können mir gewiss helfen ..."

„Special Commander Second Degree Berringer", sprach Hoffmann mit einer leisen aber durchdringenden Stimme.

Shellar hatte genug, und er spürte, dass er kurz vorm Explodieren war. Die Augen der jungen Frau vor ihm waren zwar hübsch, aber zu ihm blickten sie kalt und abweisend. Nicht so wie David es sich gewünscht hätte. So war das einzige Wort das seinem Mund entwich ein flüchtiges: „Natürlich"

Daraufhin nahm er seine Tasche auf und drehte sich mit dem Rücken zu seinen Gesprächspartnern um sich zu einem zwanzig Meter entfernten, kleinen Betonpfeiler zu begeben und sich darauf niederzulassen.

Er genoss es, die überraschten Blicke der anderen zu sehen, und sein Zorn verging langsam wieder. Nach einem Griff in seine Tasche aß er genüsslich einen Apfel, den er in weiser Voraussicht in Belgien von einem Baum gepflückt hatte. Ganz entspannt dachte er über die Beschreibung des Toten nach, die Hoffmann in seinem Bericht gegeben hatte, und er versuchte sich vorzustellen, wie alles ausgesehen haben mochte. Anhand seines Bildes des Toten überlegte er, ob es wirklich ein Selbstmord gewesen sein konnte, so wie es ihm alle weismachen wollten.

Ihm blieben dazu nur wenige Minuten bis er gestört wurde. Die melodische Stimme sprach ihn an.

„Lieutenant Shellar."

Der Ton der Stimme bohrte sich tief in David, weit hinein in sein Inneres. Es war ein sachlicher, kein freundschaftlicher oder kameradschaftlicher Tonfall.

Shellar drehte sich um, damit er seinen Gesprächspartner direkt ansehen konnte.

„Commander Second Degree Shellar", bemerkte er ruhig.

„Ihre Zimmernummer ist 5-0-3. Die Essenszeiten sind: Frühstück sieben-hundert, Mittagessen zwölf-hundert und Abendessen achtzehn-hundert. Für ihre Ermittlungen stellen wir Ihnen ab morgen einen Begleiter zur Seite."

Ein militärischer Gruß untermalte ihren Abgang. Er saß wieder allein gelassen mit seinem Apfelrest auf dem, wenn er darüber nachdachte sinnlosen Betonpfahl.

Dann war er ganz allein, nachdem er seinen Apfel weit von sich geworfen hatte. Glück gehabt, er hatte den dafür vorgesehenen Drahtkorb getroffen. Ein Blick auf seine präzise Armbanduhr sagte ihm, dass es neunzehn Uhr dreizehn war. Dreizehn wie Pech. Das Abendessen war schon vorbei.

Bei dieser tollen Nachricht fing sein Magen an zu knurren. Ein sehr netter Empfang. Es war etliche Stunden her, dass er etwas gegessen hatte, von diesem Apfel abgesehen, aber auf Mitleid durfte David hier nicht hoffen. Na ja, wenigstens hatte er ein Zimmer. Was wollte er noch?

An den, über ihn grinsenden Angehörigen des SPC vorbeigehend, betrat der normale Commander Second Degree das hochkomplexe militärische Gebäude durch den Eingang an der Mitte des langen Flügels. 503. Er würde den Raum schon finden. Kameras übertrugen sein Bild zu den Monitoren in dem Sicherheitsbüro, links hinter diesem Eingang.

An der Tür rechts von ihm las David zwei Schilder, welche besagten, dass hier das Büro Colonel Lecontes und das Special Commander First Degree Hoffmanns war. Der junge Lieutenant Commander stieg die Stufen der vor ihm liegenden Treppe empor. Nicht ohne zu bemerken, dass der vom Eingang aus nach außen zeigende, also links liegende Flügel nur drei Stockwerke hoch war, und Schulungsräume, sowie die Sicherheitsabteilung im Erdgeschoß enthielt.

Im rechten Teil, der zur Ecke des L-förmigen Gebäudes ragte, befand sich im Erdgeschoß ein Kampftrainingsraum und die Messe, in der ersten und dritten Etage Mannschaftsräume und Stuben der Soldaten, in der zweiten Etage hatten die Offiziere ihre Einzelzimmer und hier befanden sich weitere Büros, die vierte Etage war geräumt, sie sollte wohl komplett umgebaut werden und war im Moment leer.

Und da war noch die fünfte Etage. Als David sie betrat fühlte er sich um Jahre zurück versetzt. Überall lag dicker Staub und schon lange war hier nicht mehr gekehrt worden. Er kam durch eine Glastür in einen breiten Raum, von dem verschlossene Abstellräume ausgingen und von dem aus er den Waschsaal betreten konnte.

Dahinter lag ein langer Gang, eine extrem schwache Glühlampe beleuchtete die Szene. Mittlerweile war es schon dunkel geworden, und David bekam Schwierigkeiten den Weg auszumachen. Der härteste Kampf, das blutigste Gefecht machten ihm nichts aus, doch es gab gewisse psychologische Effekte, die in ihm eine unerklärliche Angst entstehen ließen.

Zum Beispiel während des Durchschreitens eines unzureichend beleuchteten staubigen Ganges, durch den der Wind pfiff und grausige Geräusche hervorrief. Von hier aus gingen längst nicht mehr benutzte und verschlossene Räume in Richtung des Hofs ab.

Die Fenster auf der gegenüberliegenden Seite ließen sich nicht mehr richtig schließen und wirkten zum Teil als würden sie baldigst auseinanderfallen. Dieser Militärkomplex war am Standort eines alten Internats errichtet worden, und David befand sich in dem Dachboden des ehemaligen Internatsgebäudes.

Der Flügel mit den Schulungsräumen war neu hinzugefügt worden und deshalb hochmodern. Ebenso die Etagen unter ihm, sie waren renoviert worden. In der vierten Etage fing man vielleicht gerade damit an, deshalb war sie geschlossen.

David Shellar befand sich auf dem Abstellgleis. Sein Wut hatte sich längst in Selbstmitleid verwandelt. Arme Sau. Das sagte er sich selbst. Er gab auf, ein widerspenstiges Fenster zu schließen und suchte in dem schlechtem Licht seine Zimmernummer. Und er fand sie. 503. Fünf wie fünfte Etage.

Fünf wie, dass hätte ich mir an fünf Fingern abzählen können. Der Raum sah nicht viel besser aus. Er hatte keine Möglichkeit ihn abzuschließen. Niemand hatte ihm einen Schlüssel gegeben, und es steckte keiner. Reine Provokation. Er versuchte darüber zu stehen. Äußerlich schaffte er es. Sein Magen gab unaufhaltsam laute Töne von sich. Pech.

David zog sich aus, lediglich seine Shorts behielt er an. Er würde sich jetzt waschen und dann schlafen legen. Im Bett konnte er noch etwas nachdenken. Und alles erlebte verarbeiten, wenn er träumte. Der erste Tag der Ermittlungen war lediglich von stöbern in der Akte geprägt gewesen. Er begab sich in den Waschraum und duschte sich, um sein Gemüt abzukühlen. Nach einem ausgiebigen Waschakt lief er zurück nach 503, wobei er bemerkte, dass ihn eine Kamera auf dem Flur erfasste. Es war ein kontrolliertes Abstellgleis.

STADT DER ENGEL

Das Europian Defence Weaponship geht unter die Radarhöhe. Die Engelsmaschine besitzt zahlreiche Radarabwehrmechanismen, die Gabriel aktiviert hat, so dass sie bei dieser Geschwindigkeit nicht zu orten sind. Gabriels sanfte Stimme durchbricht die Stille im Cockpit.

„Valerie, ich hoffe, Du hast keine Höhenangst. Dir wird nichts passieren, aber wir müssen jetzt springen."

„Nein, David. Ich springe nicht. Scheiße, nein."

„Tut mir leid, Valerie."

David betätigt die Kontrolle mit unglaublicher Fingerfertigkeit, und das Dach des Cockpits fliegt ab. Valeries Angstschrei vor unfassbarer Panik, durchstößt die Winde, als sich die Pilotensitze in der Kanzel lösen und hinaus katapultiert werden.

Mit großen Fallschirmen senken sich die zwei vom Schicksal ernannten Retter wieder auf die Erde nieder. Diesmal auf amerikanischen Boden. Das EDW folgt seinem programmierten Weg und versinkt in endlosen Wasserfluten.

Sie landen in einem verlassenen Acker, und der Seraphim benötigt einiges zureden, um Valerie wieder aufzutauen. Ein langer Fußmarsch bringt sie zu einer typischen amerikanischen Farm, riesige Gebäude säumen die Umgebung. Die zwei sehen viele Arbeiter in ausreichender Entfernung und stehlen einen kleinen Laster. David fährt auf die nächste große Straße und tritt auf das Gaspedal. Wohin auch immer dieser Highway führt, er bringt sie hoffentlich zu ihrem nächsten Ziel.

Sie übernachten am Rande ihres Weges in einem Motel.

David vernimmt teils dieses unangenehme Gefühl, die Spur der alles umfassenden Kontrollinstanz. Sie haben sich einen Plan überlegt, den es jetzt auszuführen gilt. Wo beginnt man, wenn man gegen einen Irregeleiteten in der Gegenwart handeln will, der die Vergangenheit ausnutzt. In der Vergangenheit. Was natürlich nicht möglich ist. Zeitmaschinen sind Illusion, da der ewige Zeitstrang gradlinig und eindimensional verläuft und weder umkehr- noch kreuzbar ist. Aber es gibt einen anderen Weg. Nicht unbedingt einfacher, aber realistischer.

Sie befinden sich in Los Angeles. Valerie ist bekannt, dass diese Stadt dem alten Präsidenten als Exil dient, den Führer von Wellingtons Opposition, Bridger Gates. Die Adresse hat sich ihr in vielen Fernsehberichten eingeprägt. Das CC befindet sich nicht über ihnen. David weiß dies. Ebenso wie er mit den Augen bemerkt, dass Soldaten, in der Nähe des Hauses postiert Wache halten.

„Du wartest hier, Valerie. Wenn ich weg bin, parke den Wagen gegenüber vor Gates Haus in der freien Parklücke. Pass auf Dich auf. Wenn jemand auf Dich aufmerksam wird, steig aus und geh in das Café um die Ecke. Du darfst nicht auffallen. Ich komme rechtzeitig zurück."

„Und wenn nicht?"

„Dann bin ich tot, und der Engel gefallen, Kleines."

„Und dann?"

„Ich dachte, in diesem Fall ist alles egal. Sagtest Du mir nicht, ich bin die letzte Chance für die Welt?"

„Hau schon ab, Gabriel. Aber sag mir vorher Deinen richtigen Namen."

„David Shellar. Der war ich einmal. Jetzt bin ich Gabriel.

Bis gleich."

Gabriel schlendert die Straße entlang und geht in eine Nebenstraße. Endlich findet er die gesuchte Stelle. In der m e n s c h e n l e e r e n S a c k g a s s e h e b t e r e i n e n Kanalisationsdeckel zur Seite und klettert hinein. Er durchläuft das unangenehme Nass und benutzt an der richtigen Stelle eine Leiter um wieder zur Oberfläche zu kommen. Angelangt drückt er gegen den Deckel, der den Ausgang versperrt und schiebt ihn vorsichtig zur Seite.

Über sich steht in knapper Höhe der gestohlene Laster. David zieht sich hoch und liegt unter dem kleinen Truck. Den Deckel schliesst er wieder. Er schaut umher und passt die richtige Situation ab. Schließlich rollt er sich schnell weg und gelangt vor den Hauseingang. Keiner der Soldaten, die seitlich vom Haus postiert sind, hat ihn gesehen. Er erhebt sich schnell und wird von den hervorstehenden Wänden des Hauses geschützt. Schnell drückt er auf die Klingel. Ein ältere Dame öffnet.

Gabriel schiebt sie vorsichtig aber bestimmt zur Seite und betritt das Haus. Er schließt die Tür und lächelt die Frau an, die seine Oma sein könnte.

„Mein Name ist David Gabriel. Ich muss dringend mit Präsident Bridger Gates sprechen."

Sie verliert ihre anfängliche Angst und antwortet: „Es gibt nur einen Präsidenten namens Wellington."

„Der wird seine Stellung bald verlieren. Ich will den Präsidenten sprechen, der die Würde für diesen Stand besitzt."

„Folgen Sie mir."

David geht hinter der ehrenwerten Dame her, die für seinen Geschmack zu schleichend läuft. Er betritt ein leicht abgedunkeltes Arbeitszimmer, in dem ein Ledersessel steht, der zum geschlossenen Fenster gerichtet ist. Der Stuhl dreht sich, und David erblickt den ehemaligen Präsidenten.

„Danke, Gertha. Junger Mann, dürfte ich erfahren, wer Sie sind?"

„Natürlich, Mr. Gates. Ich heiße David Shellar."

„Ihr Name sagt mir etwas. Ich erinnere mich nicht. Was wollen Sie?"

„Ich will Wellington stürzen. Und ich werde es schaffen. Sagen Sie mir, womit ich beginnen muss. Ich muss den Ursprung kennen."

„Sie haben Glück, dass ich hier Störsender habe, und wir abhörsicher sind. Junger Mann, Sie sollten Ihre Zunge hüten. Es sind gefährliche Zeiten."

„Ich weiß, dass wir abhörsicher sind. Ich hätte es wahrgenommen, wenn jemand uns belauschen würde. Für diese gefährlichen Zeiten wurde ich geschaffen. Sagt Ihnen das Wort Erzengel etwas?"

Der ehemalige Präsident starrte den Engel an, bevor er nach einer Pause sprach: „Oh Gott ... Unsere Geheimdienstberichte. Ja, Sie sind mir bekannt. Sie leben? Nach Paris, ein weiterer Erzengel. Nein, Ihr Name ist doch ..."

„Man hat mich schlafen gelegt. Ihre Geheimdienste wussten also über das Projekt bescheid?"

„Sie tun mir so leid. Aber wir befanden es für nötig."

„Was?"

„Sie töteten Paris. Das war nicht geplant. Sie sollten nur Ihre Leute oben in der Luft töten und Selbstmord begehen.

Es schlug irgendwie fehl. Wir hatten Sie programmiert, mit Drogen und indem wir in Ihren Geist eingedrungen sind. Das geschah auf meinen Befehl hin. Verzeihen Sie. Es klappte vermutlich deshalb nicht, weil Ihr Selbsterhaltungstrieb eine Selbsttötung nicht zuließ. Daraufhin lief etwas schief, und es führte zu einer Kurzschlusshandlung. Paris war ein Unfall. So pervers und abscheulich es sich anhört."

„Ich bin unschuldig?", runzelte Gabriel die Stirn.

„Ja. Ich trage wohl die Schuld daran. Sie waren der Feind. Aber das hat keine Relevanz mehr. Wenn Sie wirklich ein Erzengel sind, dann kann ich Ihnen vertrauen, Sie haben eine Chance. Wir dachten, man hätte Sie liquidiert, allerdings vermuteten wir, dass man Sie am Leben ließ. Unwichtig. Ich habe gute Kontakte. Ich werde Sie zum Ursprung dieses fehlerhaften Evolutionsschubs bringen. Warten Sie heute Nacht in San Francisco an dem Landeplatz der Fähre, die zu Alcatraz fährt. Der Weg nach San Francisco sollte kein Problem sein, die Sicherheitsmaßnahmen hier in den USA sind nicht erhöht. Freunde werden bei der Fähre auf Sie warten. Es gibt noch etwas, dass Sie wissen müssen. Es gibt ein Control Center …"

„Ich weiß davon, und bin über den Zeitplan informiert. Ich spüre, wenn das CC über uns ist. Kein Problem. Sagen Sie Ihren Kontakten, wir sind zu zweit. Sonst etwas?"

„Mehr kann ich Ihnen nicht sagen. Sie müssen lernen, von allein. Viel Glück, für diese Welt. Und verzeihen Sie dem ängstlichen Führer eines Landes, dass er so viele opferte um militärisch auf sicherem Boden zu stehen."

FEINDESLAND

Auf dem Weg von der Stadt der Engel ins heilige Francisco beschäftigt sich der Seraphim weiter mit seinen Erinnerung an das Leben zuvor.

Der zweite Ermittlungstag begann mit einem morgendlichen Frühstück. Endlich Essen. Leider war die Ration begrenzt. Es reichte nicht, um ihn wirklich satt zu machen, aber er konnte damit leben. Er saß abseits. Niemand hatte bei ihm Platz genommen. Die Tische waren nach Rängen getrennt.

Da war der Tisch der Führungsoffiziere, an dem David Commander Hoffmann und Lieutenant Commander Berringer sehen konnte. Der Colonel war nicht da. David nahm das Essen mit wenigen Bissen ein. Nach der offiziellen Beendigung der Mahlzeit durch den ranghöchsten Offizier, Commander Hoffmann, wartete Shellars Fremdenführer vor der Messe auf ihn.

„Lieutenant Commander Shellar, ich bin Lieutenant Gutshaus. Ich soll Sie bei den Ermittlungen begleiten."

David blickte ihn an ohne die Gesichtsmuskeln zu bewegen.

„Ich will den Toten sehen."

„Er wird zum Abtransport fertig gemacht."

„Ich will ihn sehen."

„Die Leiche wird gleich weggebracht."

„Dann bringen Sie mich schnell hin!"

Gutshaus zeigte sich doch noch bereitwillig. Shellar zog

das Tuch beiseite. Gutshaus drehte sich angewidert weg. David musterte den reglosen Körper aufmerksam in dem gekachelten Raum. Er ekelte sich nicht. Es war nicht der erste Tote, den er begutachtete. Es hinterließ nur ein nagendes Gefühl. Er fühlte vorsichtig an der kalten Haut. Der Durchschuss war absolut sauber gewesen. Eine perfekte Waffe.

Shellar schritt um die Totenliege herum und bemerkte eine Tätowierung auf der linken Hüfte der Leiche. Er benutzte seinen kleinen japanischen Fotoapparat, Standardausrüstung eines jeden Ermittlungsbeamten und Touristen. Es war ein seltsames Zeichen, das er zu diesem Zeitpunkt nicht deuten konnte. Eine Art Schild mit einem darauf abgebildeten Schwert.

„Danke, Lieutenant Gutshaus. Ich möchte mich gerne bei meinem Vorgesetzten melden. Bringen Sie mich zu einem Telefon."

David wandte sich um zu überprüfen, ob sich Gutshaus wirklich weit genug entfernt stand, und er wählte eine ihm bekannte Nummer, die Auskunft.

„Hallo, David Shellar. Ich hätte gerne die Nummer der Familie Gerhardt in Arnsberg, Deutschland. Danke."

…

„Guten Tag, Herr Gerhardt …"

Es ging schneller vonstatten, als er angenommen hatte. Die vor einigen Tagen bereits von Angehörigen des SPC persönlich informierten, betroffenen Eltern, gaben ihm die Auskunft, dass ihr Sohn ihres Wissen nach keine Tätowierung gehabt hatte.

Da er sich bei seinem letzten Besuch zu Hause verletzt und

der Vater an der betreffenden Hüfte die Wunde gesäubert hatte, war es ganz klar, dass der tote Soldat die Tätowierung erst nach seinem Heimaturlaub, den er vor vier Wochen beendete, erlangen hatte. Vielleicht eine nützliche Information, man würde sehen.

Shellar verbrachte den Rest des Tages mit sinnlosen Befragungen von Gerhardts Kameraden, was nichts wichtiges Neues brachte. Der tote Soldat war an dem Abend der Tat allein auf dem Zimmer gewesen, seine Zimmergenossen waren angeblich im Freizeitraum gewesen.
Er wurde als netter junger Mann beschrieben, der allerdings scheu gewesen sein sollte. Man wurde nicht richtig schlau aus ihm. Über seine Probleme hätte er nie gesprochen. David genoss das Abendessen und nach einer Weile des Beobachtens der Nahkampfübungen auf der Exerzierplatz, legte er sich zeitig schlafen. Er hatte bei seinen Befragungen der Soldaten die Tätowierung nicht erwähnt.

Nacht nach dem zweiten Ermittlungstag:
Plötzlich wurde er wach. Er hörte Schritte auf dem Flur, leise und gedämpft, als wollte jemand nicht gehört werden. Die Person schien in Richtung des Waschraumes zu gehen. Shellar stand auf und zog seine Waffe, eine leichte zielgenaue Pistole. Sie war erprobt.
Er schlich sich an seine Zimmertür und öffnete sie vorsichtig. Es war kein Geräusch mehr zu hören. Er sprang auf den Gang hinaus, die Pistole ausgerichtet. Niemand war in dem Dämmerlicht zu erkennen. Der Lichtschalter befand sich am Anfang des Ganges.

Langsam setzte sich Shellar in Bewegung, angestrengt in die Dunkelheit starrend und stets schussbereit. Er erreichte den Lichtschalter ohne Zwischenfall und beleuchtete den Gang mehr schlecht als recht mit einem Knopfdruck. Niemand war da. Shellar wischte sich den Schweiß von der Stirn, der ihn aus einer Angst heraus überfallen hatte. Er ließ das Licht brennen und ging wieder in sein Zimmer. Der Rest der Nacht verlief ungestört.

Ungewisses Ziel

Der metallene Innenraum des Flugzeuges ist kalt, aber Gabriel hat sich schnell daran gewöhnt. Seine Jacke gibt er Valerie, der er sie sanft umlegt. Seine Hände fahren über den Stoff an ihrem Rücken um ihr zusätzlich Wärme zu schenken und sich selbst abzulenken.

Gates Freunde waren ehemalige Militärs und Geheimdienstattachés. Sie hatten das europäische Paar auf der Fähre nach Alcatraz in Empfang genommen und auf Umwegen zu einem militärischen Flughafen gebracht, auf dem sie Einfluss besitzen.

Ein Mann in militärischem Dress erscheint aus der Pilotenkanzel und zeigt auf zwei rucksackähnliche Pakete neben ihnen.

„Ihr müsst gleich springen."

Valerie bekommt nichts mit. Sie schläft. Ihre Augen öffnen sich, als Davids Stimme zu ihr dringt. Sie sieht die Nacht und Winde umfassen sie. Gemeinsam fallen sie in die Tiefe, die Reißleine wird automatisch gezogen, da sie angebunden war.

In tiefster schwarzer Nacht senkt sich der Fallschirm hinunter. Es herrscht relative Windstille, und sie werden nicht abgetrieben, sondern landen in der geplanten Zone.

Die entsetzte Valerie droht im ersten Moment David zu verprügeln, beherrscht sich aber schließlich nach der Verdauung des Schreckens, da sie den Flug ja bereits hinter sich hat. Sie befinden sich in der Nähe des Strandes auf der Insel, die ihr Zielgebiet ist. Die zwei kuscheln sich aneinander. An einem Baum gelehnt, schlafen sie die Nacht über, romantisch vom Sternenhimmel beschienen.

David träumt von der Vergangenheit.

Am Morgen des dritten Ermittlungstages meldete sich Lieutenant Commander David Shellar nach dem Frühstück im Büro Colonel Lecontes, den er bis jetzt noch nicht wiedergesehen hatte. Niemand antwortete auf sein Klopfen und die Tür war abgeschlossen, wie er nach einem Test feststellte. Er nahm daher eine Audienz bei Commander Hoffmann, im Büro daneben.

„Lieutenant, was wollen Sie?"

Man merkte dem Commander an, dass er sich gestört fühlte. Lieutenant Commander Berringer befand sich ebenfalls im Raum.

„Special Commander First Degree Hoffmann, heute Nacht hörte ich Schritte auf meinem Flur. Ich bitte um eine Überprüfung der Angelegenheit."

„Sie hören Schritte? Na toll. Commander Second Degree Berringer, bitte gehen Sie mit dem Lieutenant zum Wachraum und überprüfen Sie das Videoband. Hoffen wir für Sie, Lieutenant, dass Sie keinen Alptraum hatten, was ich für wahrscheinlich halte."

Die Überprüfung des Videobandes hatte nur Spott und Hohn für Shellar zur Folge. Berringer fand nichts ungewöhnliches auf dem Band, allerdings hätte man in der Dunkelheit auch keine dunkelgekleidete Person gesehen. Lediglich Shellar war auszumachen, wie er mit der Waffe im Anschlag den Lichtschalter suchte.

Berringer nahm ihre Militärkappe ab, und ihr kurzes, nur einige Zentimeter langes Haar kam zum Vorschein. Sie grinste einem Wachmann hämisch zu und wandte sich danach an den Störenfried, der sie grundlos hatte langweilige Videobänder durchschauen lassen.

„Lieutenant Commander Shellar, ich weise Sie darauf hin, dass wir wichtige Aufgaben haben, um die wir uns kümmern müssen. Ich habe keine Zeit für solche Sinnlosigkeiten. Sie sollten beim nächsten Mal, dass es hoffentlich nicht geben wird, darauf achten, dass Sie nicht überreagieren. Der Commander wird mit Recht sehr wütend sein."

„Das ist er sowieso."

Shellar brachte seine Antwort trocken rüber und lächelte danach. Er verließ den Wachraum und traf auf Lieutenant Gutshaus, den er gerade suchen wollte.

„Lieutenant Gutshaus, ich möchte das Videoband sehen, auf das zur Tatzeit der Flur vor dem Zimmer Gerhardts aufgenommen wurde."

Leider bestätigten sich Shellar schlechte Ahnungen. Das Band zeigte nichts, gar nichts, mit dem er etwas anfangen konnte. Die drei Zimmerkameraden Gerhardts verließen das Zimmer wie angegeben. Gerhard betritt es wenig später.

Es dauert eine ganze Weile, dann ist der Schuss zu hören. Anhand des Videos musste man vermuten, dass Gerhardt allein gewesen war. Aber David glaubte nicht an Selbstmord. Er hatte einen Indiz, dass es kein Selbstmord sein konnte. Aber er hielt seine Beobachtungen zurück.

Shellar benötigte ein wenig frische Luft. Er verließ den Gebäudekomplex und näherte sich dem Übungsplatz, an dem das gestrige Nahkampftraining fortgeführt wurde. Commander Hoffmann entdeckte ihn.

„Oh, hallo junger Mann. Schlafwandeln Sie wieder, oder

sind Sie ansprechbar? Eine tolle Leistung, wirklich. Das ist es, was wir hier trainieren. Leute auszuschalten, die sich nicht unter Kontrolle halten und ohne ausreichenden Grund eine Waffe ziehen. Passen Sie besser auf sich auf, oder ich kann nicht weiter erlauben, egal ob Sie hier ermitteln, dass Sie sich auf diesem Stützpunkt befinden."

„Special Commander First Degree Hoffmann, ich möchte mit Colonel Leconte sprechen."

„Das ist nicht möglich. Colonel Leconte ist am Tag Ihrer Ankunft abends abgereist. Den Zielort darf ich Ihnen nicht nennen. Ich bin zur Zeit oberster Befehlshaber dieses Stützpunktes."

„Ich möchte eine Pistole zu Testzwecken bekommen, die baugleich zur Tatwaffe ist."

„Nein, ich werde Ihnen keine Waffe des Europian Special Protection Corps anvertrauen."

„Special Commander First Degree Hoffmann, ich verlange mir eine SPC-Handfeuerwaffe zu Testzwecken zur Verfügung zu stellen, da dies für die Ermittlungen nötig ist. Sie wollen meine Ermittlungen doch nicht behindern?"

Der Commander antwortete zu schnell ohne Wut zu zeigen. Das hätte David zu denken geben sollen.

„Special Commander Second Degree Berringer wird Ihnen bei Ihren Test behilflich sein. Aber zuvor werden Sie mir bei diese Übungslektion für meine Staffel zur Hand gehen, da Sie das Training aufgehalten haben. Ich gestatte keine Ausrede. Kommen Sie her."

„Was haben Sie vor?"

„Wir werden einen Kampf vorführen."

„Ich kämpfe nicht ohne Grund."

„Sie bekommen die Waffe nicht ohne Kampf. Das sollte

Grund genug sein."

Der Commander ging in Angriffsposition und führte eine Attacke aus. Der Kampf verlief waffenlos. Shellar verhielt sich äußerst defensiv, und immer mehr Schläge prallten auf ihn ein, die er nicht abzuwehren vermochte. Er war Soldat, was nicht automatisch bedeutete, dass er für den Nahkampf ausgebildet war.

Ein rechter Hacken erwischte ihn im Gesicht. Blut spritzte zur Seite und Shellar fiel zu Boden. Im Fall traf ihn ein Tritt Hoffmanns am linken Brustflügel. Nach Luft schnappend verharrte David auf der kalten Betonfläche. Der Kampf war beendet, Hoffmann hatte seinen eindrucksvollen Showeffekt gehabt.

Shellar hatte gewusst, dass er im waffenlosen Nahkampf keine Aussicht auf Gewinn gegen den perfekt ausgebildeten Soldaten hatte. Die SPC-Angehörigen waren im Kampf perfekt, jeder von Ihnen. Shellar litt nun an Nasenbluten.

Ohne ein weiteres Wort verließ er den Exerzierplatz und ging pfeifend in den Waschraum seines Flures. David verarztete dort seine Wunden. Danach begab er sich zum Abendessen, wo er leicht verspätet eintraf, wofür er sich eine Rüge des Commander einfing. Er ignorierte das.

Nacht zwischen drittem und viertem Ermittlungstag:

Erneut wurde er wach. Lauschend lag er unter der dünnen Bettdecke, die man ihm gestellt hatte, und er entsicherte seine Pistole, die er unter dem Kopfkissen herzog. Es waren klopfende Geräusche auf dem Gang. Sich entfernende Schritte. Shellar wartete, bis er nichts mehr hörte, nur noch die rhythmischen Klopfgeräusche. Er verließ sein Zimmer und lehnte das offenen Fenster auf dem Gang wieder an, mit

einer gebrauchten Socke klemmte er es fest. Das Klopfen
verstummte.

KRIEGSRECHT

David erwacht recht früh. Die verlassene Insel, von der ihm nicht gesagt wurde, was sie hier finden sollten, steht in der vollen Blüte der Natur. Er schließt aus der sich ihm darbietenden Pflanzenwelt, dass es sich um eine abgelegene Koralleninsel handeln muss. Der Seraphim entschließt sich eine Trinkwasserquelle und etwas Obst zu suchen, damit sie frühstücken könnten.

Ewig wachsam durch die Sinneserweiterung bewegt er sich durch das Dickicht der Bäume. Er hört die Vögel zwitschern, und den Wind durch die Baumkronen pfeifen. Plötzlich steht er vor dem wahr gewordenen Alptraum seiner selber und kein Schrei kann seinem Mund entfleuchen. Er würde gerne schreien, aber es kommt kein Laut. David fällt in Ohnmacht.

„David, Du musst aufwachen."

Verwirrt öffnet David die Augen und blickte in helles Tageslicht. Vogelstimmen ertönen, Gabriel sieht Doktor Valerie Haber.

„David."

Die liebevolle, zärtliche Stimme weckt ihn sanft. David spürt seine Umgebung, die friedliche Atmosphäre.

„Valerie, alles ist vorbei."

Seine Stimme ist belegt und trocken, sie schaut fragend.

„Was meinst Du, David?"

„Wir haben gesiegt."

Ihre Augenbrauen heben sich, während sie gefühlvoll seine Schultern massiert.

„Du hast geträumt, David. Wir sind auf der Insel, zu der

uns Bridger Gates geschickt hat. Die Nacht ist vorbei, David. Du hast nur geträumt. Wir müssen etwas unternehmen. Spürst Du das Control Center?"

Entsetzen erfüllt seinen Ausdruck.

„Nein, kein Control Center. Aber die fremden Wesen, der Tod Wellingtons …"

„Du hast geträumt, David. Nichts ist geschehen seid unserer Landung. Ich habe mich in der Nähe umgesehen, es ist eine Wildnis, ich weiß nicht, warum Gates uns …"

David presst seine Hand fest auf ihren Mund und drückt ihren Körper beiseite. Danach spannt sich sein Körper an und wartet Sekunden, bevor er wie ein Pfeil, der den Bogen verlässt, los springt. Ein Soldat mit Dschungeltarnuniform und kleiner amerikanischer Flagge als Abzeichen betritt den Sichtbereich, und wird von David niedergeworfen.

Ein gezielter Schlag des gefallenen Engel, der bestimmt ist wieder zum Himmel zurückzukehren, setzt den amerikanischen Patrouillenposten außer Gefecht, bewusstlos fällt der Geschlagene zu Boden. David kniet auf ihm, er beginnt ihn zu entkleiden. Valerie, für die das abrupt Geschehene zu schnell passierte, tritt neben die beiden Soldaten.

„Was tust Du?"

David Shellar ist wieder Soldat, der alte Special Commander First Degree Shellar der Europian Special Protection Force, dies spürt er in allen Winkeln seiner Seele, sein Geist hat sich befreit.

„Ich benötige Wasser."

„Ich habe auf meiner Erkundung eine kleine Quelle entdeckt, keine zwanzig Meter."

„Gut."

Er hat sich die Uniform des Gegners angezogen, und der amerikanische Soldat befindet sich lediglich in Unterwäsche, als David ihn mit sich schleifend zu der Quelle führen lässt. Er wirft den Soldaten mit dem Gesicht in das feuchte Rinnsal, welches von der Quelle wegführt, und der Amerikaner erwacht.

David presst den Lauf des ergatterten amerikanischen fremdartigen Gewehres gegen den Rücken des Soldaten, der sofort die Lage, in welcher er sich befindet, erfasst. David beginnt die Befragung mit einer deutlichen Feststellung.

„Ich bin Special Commander Shellar des Europian Special Protection Corps. Ich operiere frei und ohne Rechenschaftsabgabe. Ich befinde mich nicht in der Situation Gefangene zu machen oder Freundlichkeiten auszutauschen. Sie beantworten meine Fragen korrekt und direkt, und ich werde Sie anschließend wieder betäuben. Behindern Sie mein Verhör, werde ich Sie erschießen."

Der Soldat zu Davids Füßen wird merklich nervös. Er beginnt leise zu protestieren, weiß, dass er sofort getötet wird, wenn er zu laut spricht, da er nicht die Aufmerksamkeit anderer Wachen auf die Eindringlinge richten darf.

„Die Erschießung eines Gefangenen widerspricht dem Allgemeinen Kriegsrecht, auf das Sie als Soldat einen Eid abgelegt haben."

„Es besteht kein Krieg der Europäischen Union gegen die Vereinigten Staaten von Amerika. Ich führe eine geheime Operation durch. Für geheim operierende Soldaten gelten Ausnahmeregeln nach den nicht-öffentlichen Versailler-Konventionen des Jade-Paktes, dass wissen Sie. Keine weitere Diskussion."

David Shellar hat seinen Standpunkt deutlich gemacht, und der feindliche Soldat weiß was ihm droht. Er willigt in eine Befragung ein.

„Befindet sich eine Basis der amerikanischen Streitkräfte auf dieser Insel?"

„Ja."

„Befindet sich hier auf dieser Insel eine Forschungsstation?"

„Ja."

„Dient diese Station zur Weiterentwicklung der neuartigen Technologie?"

„Ja."

„Befinden sich fremdartige Lebewesen auf dieser Insel?"

„Nein."

„Ist Ihnen die Existenz fremdartiger Lebewesen bekannt?"

„Nein."

„Ist Ihnen die Herkunft der neuen Technologie bekannt?"

„Nein."

„Sind Sie über eine Einrichtung namens Control Center informiert?"

„Ja."

„Gibt es eine direkte Verbindung dieser militärischen Einrichtung zu dem Control Center?"

„Ja."

„Kann von dieser Station das Control Center deaktiviert werden?"

„Dazu besitze ich keine Informationen."

Commander David Shellar lässt den Gewehrkolben auf den Hinterkopf des Soldaten schlagen und richtet sein Augenmerk auf Valerie Haber. Während er beginnt den Soldaten kunstvoll zu fesseln, spricht er mit seiner

Begleiterin.

„Wir dringen in die Station ein. Valerie, ab sofort bin ich ein amerikanischer Soldat. Folg mir."

Er findet mit Hilfe seinem inneren Instinkt einen nicht vorhandenen Weg durch die Wildnis, tief hinein in die Insel, Valerie dicht hinter sich.

„Ist es nicht für einen Soldaten verboten, feindliche Uniform anzuziehen?"

„Nach dem Kriegsrecht wird ein Soldat, der feindliche Uniform trägt, beim Entdecken durch Feindestruppen der Spionage verurteilt, beim Aufgreifen durch eigene Truppe der Fahnenflucht. Nach dem Kriegsrecht ist es folglich jedem Soldaten absolut verboten, sich mit feindlichen Uniformen zu kleiden. Aber wie ich dem Amerikaner bereits sagte, besteht kein Krieg. Ausserdem falle ich als Mitglied der Special Protection Force aus dem Kriegsrecht heraus. Das SPC unterliegt wegen seiner besonderen Aufgaben dem Recht zur Terrorismusbekämpfung. Davon abgesehen, dass für solche Missionen ein nicht öffentliches Recht für Geheimmission eintritt. Dieses Recht wird nur Soldaten zum einmaligen Lesen und Einprägen ausgehändigt, welche an einer solchen Mission teilnehmen. Außenstehenden ist das Wissen über eine solche Mission nicht erlaubt. Aber Du bist Mitarbeiterin im Dienst, ich denke, Du kennst wichtigere Geheimnisse, die Du für Dich behältst."

„Es gibt tatsächlich ein niedergeschriebenes geheimes Zusatzrecht für Soldaten?"

„Ja. Die Öffentlichkeit weiß vieles nicht, dass sollte Dir klar sein. Ich hätte den Soldaten töten können, viele Menschen hätten so gehandelt. Ich aber halte mich an meinen Eid. Ich achte die militärischen Gesetze sowie die anderen."

„Ich denke eher, das Special Protection Corps biegt sich die Gesetze ein wenig zurecht."

Gabriel schaut sie an: „Ich aber nicht."

Der Seraphim weiß nur zu gut, wie die Ideologie des SPC aussah und aussieht, wie sie sich im Laufe der Jahre verändert hat. Immerhin ist er nicht immer Mitglied des Special Protection Corps gewesen. Und bei seinen Ermittlungen im Lager des SPC hatte er sie kennengelernt:

Nach dem Frühstück am vierten Ermittlungstag berichtete er dem Commander, dass seine Nachtruhe erneut gestört worden war. Diesmal verlangte er nicht, dass etwas unternommen wurde, sondern dass der Commander den gemeldeten Vorfall lediglich zur Kenntnis nahm.

Commander Hoffmann schüttelte den Kopf um Shellar zu zeigen, was er von dem angeblichen Geschehnissen hielt und riet ihm, die ansässige Militärpsychologin Doktor Walter aufzusuchen.

Nach dem höchst unwichtigen Gespräch begab sich Shellar mit Lieutenant Commander Berringer in die Waffenkammer. Die wenig erfreute Offizierin gab Shellar ein baugleiches Modell der Tatwaffe, und dieser schoss damit zweimal auf eine Zielscheibe an dem kleinen Testschießstand der Waffenkammer.

Shellars Verdacht bestätigte sich, der Rückschlag der Waffe war recht groß. Auf dem Rückweg von der gut ausgestatteten Waffenkammer kamen sie an den Mannschaftsquartieren der Soldaten vorbei. Kurz vor dem Treppenhaus hörte Shellar lautes Wasserrauschen.

Mit einem Satz entfernte er sich von der überraschten

Berringer, die ihm zügig folgte und betrat den Waschsaal. Er durchschritt schnell den Raum mit den Waschbecken und kam in den vollen Duschraum.

Die Männer, die Shellar als Zugehörige von Hoffmanns Staffel erkannte, befanden sich nackt in dem Raum mit extremer Luftfeuchtigkeit und wuschen sich. Berringer erreichte ihn und fasste ihn an der Schulter, während sich lautes Gemurmel ausbreitete.

„Hey, Lieutenant Shellar, was soll das? Sie dürfen nicht in den Waschsaal eindringen. Sie verletzen die Privatsphäre."

Shellar blickte umher und bemerkte das, wonach er gesucht hatte. Sie alle hatten dieselbe Tätowierung, wie das Opfer, dass, so war Shellar sich sicher, ermordet worden war. Jetzt musste er sich aber verstellen, damit er keine Probleme bekam. Die hatte er schon genug. Er überlegte sich einen Vorwand und griff sich gedanklich einen Soldaten heraus, den er namentlich kannte.

„Kämper, ich möchte, dass Sie sich morgen für eine erneute Befragung zur Verfügung stellen. Es gibt da einige Unklarheiten die ich gern beseitigen würde."

Er entwandte sich dem Griff der Offizierin und verließ den Raum, verdutzte Angehörige des Special Protection Corps zurücklassend. Nach dem Mittagessen begab er sich zu dem Büro der Psychologin, deren Besuch Hoffmann ihm nahegelegt hatte. Allerdings nicht deshalb. Als er klopfend um Einlass bat, kam ein freundliches „Herein" als Antwort. Mal sehen, ob sie so freundlich bleiben würde, wenn sie wußte, wer ihr Besucher war.

„Guten Tag, Doktor Walter. Ich bin Lieutenant Commander Shellar."

„Guten Tag, Lieutenant Commander. Ich wurde über Ihren

Besuch bereits informiert."

Doktor Walter war eine freundliche Blondine, die blendend aussah. Sie strahlte eine sichere Reife aus, die attraktiv wirkte. Ihr Lächeln entwaffnete.

„Von Commander Hoffmann?"

Sie lächelte verstehend: „Ja. Sie beide verstehen sich nicht besonders."

„Es geht."

„Den Anschein hatte ich nicht."

Er grinste spitzbübisch.

„Außenstehende können sich irren."

„Der Commander sagte, Sie hätten Probleme mit Alpträumen."

„Er spricht von Alpträumen. Ich nenne es nächtliche Störungen. Und ich glaube mehr an etwas Reales."

„Sie meinen, Ihre Nachtruhe wird gestört?"

„Sozusagen. Glauben Sie mir, ich habe keine psychologischen Probleme. Ich bin hier um mit Ihnen über den toten Soldaten Gerhardt zu sprechen. Ich benötige ihre psychologische Einschätzung."

„Denken Sie, dass es ein Mord war?'

„Ich denke in dieser Hinsicht bislang weder an fremdverschuldeten, noch an Selbstmord. Ich möchte damit warten, bis es an der Zeit ist Schlüsse zu ziehen. Kommen wir zu Gerhardt."

„Gerhardt war ein netter Mann. Er war ein wenig zurückhaltend, und man kann nicht behaupten, dass er gesprächig war. Ich denke, er hatte familiäre Probleme. Aber er sprach nie darüber. Sogar ich konnte ihm kein Wort darüber entlocken."

„War er oft bei Ihnen?"

„Mitglieder des Special Protection Corps sind verpflichtet in vorgegebenen Abständen psychologische Untersuchungen über sich ergehen lassen zu müssen. Der Europäische Rat verlangt absolute Qualität unter der Elite der Armee."

„Anscheinend ist Gerhardt durch das Sieb gerutscht."

„Ich glaube, er war die Ausnahme, mit der man ständig rechnen muss, obwohl sie nicht wahrscheinlich ist. Ich kann es nicht mit Sicherheit sagen, aber ich denke, ich hätte ihn letztlich in einem der künftigen Reporte die Empfehlung ausgesprochen, das Corps zu verlassen."

„Wenn er die Ausnahme war, und es Selbstmord war, wäre dies am Besten, nicht wahr? Für das Corps gäbe es schlechte Publicity, wenn es anders wäre. Ich danke Ihnen. Leider habe ich einiges zu tun. Ich hoffe, wir sehen uns wieder, Doktor Walter."

„Sicherlich, Lieutenant Commander. Ich heiße Susan."

„Ich David. Ciao."

Es quälte ihn eine, das wußte er, entscheidende Frage. Er kannte diese Tätowierung nicht, aber vielleicht war sie ein Standard der Mitglieder des SPC, von dem er noch nichts gehört hatte. Er verspürte keineswegs den Drang danach zu fragen, er wollte nicht, dass jemand bemerkte, dass es ihm aufgefallen war.

Bei seinem Gang durch den Flur vor dem Büro hielt er einen patrouillierenden Soldaten an und fragte, wo er Commander Hoffmann finden konnte. David wußte nicht direkt, wie er bei seinen Ermittlungen weitermachen konnte und hielt dies für den Zeitpunkt eines klärenden Gespräches.

Der Soldat gab ihm die Auskunft, dass sich Commander Hoffmann mit seinem Einsatztrupp im Schwimmbad zur

Kampftaucherausbildung aufhielt. David empfand ein Glücksgefühl. Vielleicht gab sich nun eine gute Gelegenheit.

Shellar betrat die mit weißen Fliesen ausgestattete große Halle. Schnell wich er aus. Zehn breitschultrige Personen, Männer und Frauen in schwarzen eng anliegenden Taucheranzügen kreuzten seinen Weg, und sie machten nicht den Anschein als wollten sie ihm Platz machen.

Sie wirkten in ihren Taucherkampfanzügen sehr gefährlich, und David verspürte keine Lust sich mit diesen Kriegern anzulegen, die Tag für Tag dafür ausgebildet wurden zu töten, besonders gerne normale Soldaten. Sie verließen die Halle in Richtung der Umkleiden, und Lieutenant Commander Shellar setzte seinen Weg fort, ein wenig eingeschüchtert.

Im Wasserbecken sah er Hoffmann mit seinen Leuten trainieren. Sie befanden sich im schulterhohen Wasser und übten den Nahkampf im feuchten Terrain. Die SPC-Angehörigen wurden auf jedem Grund und Boden trainiert und in jedem Element.

David grinste ein wenig, sprach sich selbst Mut zu und Schritt tapfer seinem Schicksal entgegen. Er stellte sich an den Rand des Beckens und blickte zu den in Badehosen gekleideten Soldaten hinab. Man hatte ihn bemerkt. David schluckte schwer. Das was er vorhatte konnte ins Auge gehen. Aber er war gern bereit ein paar Schläge zu riskieren. Gerade wollte er ansetzen etwas zu sagen, als er eine Hand auf seiner Schulter fühlte.

„Sie stehen wohl auf Männer. Oder weshalb gehen Sie in ihre Duschräume und sehen sie sich halbbekleidet im Wasser an?"

Er wandte sich und stand vor Special Lieutenant Commander Berringer. Sie trug einen schwarzen Badeanzug, wie es hier üblich war, der aus einer eng anliegenden kurzen Hose und einem Oberteil in Form eines sehr begrenzten T-Shirts. An einem speziellen Gürtel befand sich eine wassertaugliche Pistole und ein Kampfmesser, in einer Hülle gesichert.

„Nun, eigentlich habe ich gerade das Wasser nach Ihnen abgesucht, und ich muss sagen, der Badeanzug unterstreicht Ihre Schönheit. Und in den Duschraum bin ich nur gegangen, weil ich dachte, wir beide wären dort allein", meinte er voller Ironie.

Feindselig glitzerten ihre Augen ihn an.

„Ich wollte Sie nicht ärgern. Sie sehen wirklich hübsch aus. Entschuldigung. Es tut mir leid. Bitte missverstehen Sie mich nicht."

Jetzt schaute sie ihn nur gleichgültig an. Der Commander war inzwischen zum Rand des Beckens geschwommen.

„Was wollen Sie, Shellar? Was gibt es, dass Sie meine Offizierin belästigen? Wurden Sie wieder angegriffen?"

Shellar drehte sich zum Becken und erinnerte sich an seinen kurzfristig gefassten Plan.

„Verweilen Sie besser weiter bei Ihren Männern, Commander Hoffmann. Sie haben Training nötig."

Sämtliche Geräusche verstummten, sogar das hintergründige Platschen im Wasser.

„Ich betrachte dies als eine Herausforderung", erklang es drohend.

„Das Special in Ihrem Rang scheint dies zu implizieren, Special Commander First Degree.'

„Kommen Sie ins Wasser!"

„Haben Sie Angst vor mir Special Commander First Degree Hoffmann? Denken Sie, Sie hätten im Wasser mehr Chancen? Das haben Sie, ich bin nicht für den Wasserkampf ausgebildet. Ich dachte diesmal an einen fairen Kampf. Es sei denn, dass First Degree in Ihrem Rang lässt das nicht zu."

Berringer blickte den normalen Soldaten entgeistert an.

„Ich habe keinen Vorteil nötig. Wählen Sie."

„Kommen Sie aus dem Wasser. Wir kämpfen mit Schlagstöcken, ganz einfache Schlagstöcke. Damit können Sie doch umgehen, Special Commander First Degree Hoffmann?"

„Natürlich. Berringer, zwei Schlagstöcke!"

Der Commander kletterte ins Trockene. Berringer lief davon um die angeforderten Waffen zu holen, während sich die beiden innerlich weit entfernten Männer feindselig anstarrten. Shellar ließ sich das mulmige Gefühl, das ihn befiel, nicht anmerken. Berringer kam rasch wieder.

„Okay, fangen wir an. Sie zuerst Lieutenant Shellar."

„Ich soll doch nur angreifen, damit es für Sie nicht so peinlich wird. Sie würden mich bei ihrer Attacke nicht einmal berühren."

Diese Bemerkung saß, und das Spiel begann. Hoffmann sprang los und holte weit aus. David zuckte innerlich und ließ den Schlagstock kreisen. Er drehte ihn zwischen den Fingern seiner Hand und spannte sich an. Als der Commander nahe genug war, ließ David sich fallen. Der Stock stieß zu.

Der Commander schrie auf und warf sich herum. Sein Schlagstock zischte. David wehrte ihn ab. Der Schlagstock des Commanders wirbelte herum, in einer Geschwindigkeit, dass man die Konturen kaum ausmachen konnte.

David war nicht schlecht. Aber er war nicht wirklich an dem Kampf interessiert. Plötzlich liess er statt abzuwehren seinen Schlagstock fallen, tanzte abrupt an Hoffmann vorbei, der damit nicht gerechnet hatte und für einen Augenblick noch mit der eigenen Attacke beschäftigt war.

David zog dem Commander die Badehose runter. Keine Tätowierung. Shellar stand auf und ging ein paar Schritte zurück. Bevor der Commander die Hose wieder hochgezogen hatte, hatte Shellar das Schwimmbadkomplex bereits verlassen. Lautes Fluchen war vernehmbar. Im Krieg war alles erlaubt, was nicht explizit verboten war, dachte sich David grinsend. Und oft auch das Verbotene.

Shellar begab sich zügig in sein Zimmer und schrieb einen weiteren Bericht über die Ermittlungsfortschritte. Dies war so üblich. Die Ermittlungsberichte mussten in vorgeschriebener Weise stets auf dem neuesten Stand gehalten werden. Er ließ das Abendessen aus Sicherheitsgründen ausfallen. Alle dachten, er hatte es getan um den Commander lächerlich zu machen. Niemand wußte, dass seine Handlung zu seinen Ermittlungen gehört hatte.

Am späten Abend klopfte es an seiner Tür. Shellar rief seinen unbekannten Besucher herein und stellte zu seiner Überraschung fest, dass es Doktor Susan Walter war.

„Hallo Susan. Eine angenehme Überraschung.‟

„Ich habe gehofft, dass Sie sich freuen.‟

„Bitte, setzen Sie sich doch. Auch wenn ich nur das Bett als Sitzplatz anbieten kann.‟

„Sie kommen aber schnell zur Sache, David.‟

„Was eigentlich nicht meine Art ist.‟

„Ich weiß.“

„Sie kennen mich also. Meine Eigenarten, und alles was hier drin ist“, Shellar deutete auf seinen Kopf.

„Ich bin Psychologin. Es ist meine Aufgabe Menschen zu kennen.“

„Wie gut kennen Sie mich denn?“

„Sie sind interessant David. Ich kenne Sie gut genug, dass ich Sie näher kennenlernen möchte.“

„Dann sollten wir damit anfangen, uns zu nicht mehr zu siezen.“

„Ja, David.“

Er kniete vor der Frau nieder, die auf dem Bett saß um mit ihr auf gleicher Augenhöhe zu sein. Sie beugte sich vor und gab ihm einen Kuss. Sie verharrten minutenlang in dieser Stellung, schließlich neigte sie sich zu ihm, und sie fielen zu Boden.

Er spürte ihren warmen Körper, und sie küsste ihn sanft. Nachdem die beiden auf diese Weise eine Zeitlang gekuschelt hatten, entfernte sich Susan und ging wortlos davon, ihm ein nettes Lächeln als Abschied zuwerfend. David blieb verdutzt zurück, lange darüber nachdenkend, wie sie dazu gekommen waren.

DER EINDRINGLING

„Warum hast Du Paris vernichtet?", wollte Valerie auf dem unwegsamen Weg durch Welt der Insel wissen.

„Das war nicht ich. Das war nicht Commander David Shellar."

„Wer war es?"

„Ein böser Engel."

„Gabriel?"

„Nein. Ein Engel, dessen Geist vergiftet wurde."

„Wie meinst Du das, David?"

„Bridger Gates hat es mir gesagt, quasi gebeichtet, um seine alten Sünden als Präsident verarbeiten zu können. Die Amerikaner hatten von dem Projekt Erzengel erfahren und mich dazu gebracht, das Projekt zu sabotieren. Mit Drogen und wahrscheinlich Hypnose."

„Die Vernichtung von Paris war eine geplante Aktion der Amerikaner?"

„Nein. Ich sollte das Projekt sabotieren und danach Suizid begehen. Das lief schief, denkbar wäre der Grund des einprogrammierten Überlebenswillens. Das war der Fehler in dem amerikanischen Plan. Ein Fehler, der zahlreiche Leben kostete. So war Gates Erklärung."

„Ein militärisches Kräftemessen. Und Du bist unschuldig."

„Nein, nicht direkt unschuldig. Ich habe die Schutzvorrichtung aktiviert. Ich habe die Knöpfe gedrückt. Ich habe nicht, wie die Beeinflussung dies vorsah, Selbstmord begangen, sondern Millionen von Leben vernichtet. Ich trage Schuld. Ich hoffe nur, dass ich mich in dem Augenblick, in dem ich es tat, nicht im vollem Umfang meiner geistigen Kräfte befand. Ich bete, dass ich nicht zurechnungsfähig war."

„Erinnerst Du Dich denn daran?"

„Ja, aber mehr wie etwas, dass man aus fremder Perspektive sieht, wie durch eine Kamera. Nicht als wäre ich aktiv dabei gewesen."

„David, warum sagtest Du und General Price, dass Ihr nicht an Gott glaubt?"

„Price und mich verbindet eine lange Freundschaft. Wir waren damals beide noch Soldaten der Funktionsränge, und befanden uns gemeinsam im Einsatz. Er war der Leiter meines Teams. Es gab ein schreckliches Ereignis …", man sieht David an, wie ungern er sich erinnert, „alles verlief grauenvoll, nur Price, ich und ein weiterer Soldat überlebten den Einsatz. Seitdem sind wir drei Freunde auf ewig. Ich stand in diesem Einsatz ebenfalls kurz vor dem Tod, Price war bei mir. Er hörte, wie ich anfing zu beten, mein letztes Gebet. Ich schloss mit meinem Leben ab. Price sagte mir, er glaubte nicht an Gott. Ich sollte mich nicht an Gott klammern, nach dem Tod würde es nichts geben, ich sollte mich lieber ans Leben klammern. Er ist kein Atheist, er sagte es nur, um mich dazu zu bringen um mein Leben zu kämpfen. Es hat geholfen, ich kämpfte gegen den Tod an und schaffte es. Wir drei schafften es den Einsatz zu überleben."

„Wer ist der dritte Soldat?"

„Als ich später zuletzt von ihm hörte, lag er nach einem Unfall im Koma. Meine Freundschaft zu Price verging nie. Er riet mir davon ab, an dem Projekt Erzengel teilzunehmen. Hätte ich nur auf ihn gehört."

„Hättest Du auf ihn gehört, gebe es vielleicht Paris noch,

aber so oder so wäre das Projekt sabotiert worden. Und vielleicht hätte eine versklavte Menschheit dann heute keine Hoffnung mehr."

Sie erreichen das eingezäunte Gelände der militärischen Basis, und David Shellar schreitet mit der unsicher folgenden Valerie Haber direkt auf das bewachte Eingangstor zu. Der Wachposten erkennt seine Uniform, ihm scheint jedoch das Erscheinen der Frau zu missfallen.

„Wir kommen von einer Messung wieder, meine Begleitung ist aus der Forschungsabteilung", erklärte Gabriel auf Englisch mit einem texanischen Einschlag.

Statt einer Erwiderung hebt der Wachposten den Lauf seines Gewehres an. Shellar erschießt ihn ohne zu zögern.

„Warum hast Du das getan, David?"

„Er kannte die Wahrheit. Er sah auf das Namensschild an der Uniform, ich denke die Soldaten hier kennen sich untereinander. Eine Sekunde später, und er hätte den ersten Schuss abgegeben. Wir müssen uns jetzt noch mehr beeilen."

David Shellar öffnet das schlecht bewachte Tor. Diese Station rechnet nicht mit einem Angriff, sie ist nicht gut gesichert. Man denkt anscheinend, dass hier ein Angriff höchst unwahrscheinlich ist. Der Commander versteckt den Wachposten im Gebüsch, es soll aussehen, als würde er etwas in der angrenzenden Wildnis überprüfen.

David Shellar betritt mit Valerie das Militärgelände, und sie entfernen sich rasch von dem Tor. Weiteren Soldaten begegnen sie erst zwischen den Gebäuden, raschen Schrittes geht David lapidar grüßend weiter, er und Valerie erscheinen nicht auffällig und werden weitestgehend ignoriert. Leise unterhielten sie sich, Gabriel fand dies eine gute Idee um besonders unauffällig zu wirken.

„David, falls wir einen Plan für eine Aktion haben und militärische Unterstützung benötigen, sollen wir zu einem General Hoffmann Kontakt aufnehmen. Der Kommandostab des Dienstes sagte mir dies vor dem Angriff auf unseren Stützpunkt."

„Ich kenne Hoffmann. Damals war ich noch Lieutenant bei den Streitkräften und ermittelte in einem Mordfall. Meine verstorbene Frau befand sich unter seinem Kommando."

„Du warst verheiratet?", fragte sie überrascht um dann schnell hinzuzufügen: „Ihr Tod tut mir leid, Du musst sehr gelitten haben."

Nach einer Pause fügte sie hinzu: „Hoffmann ist Leiter des SPC."

David geht über ihre ersten Sätze hinweg.

„Er scheint eine steile Karriere gemacht zu haben. Ich habe viel verpasst während meines Schlafes. In den drei Jahren wäre ich wohl auch in den Befehlsstab des SPC gekommen. Vielleicht wäre ich heute Leiter des SPC. Verschieben wir den Rest des Gespräches auf später."

Fast kann sich der Seraphim nicht auf seine jetzige Aufgabe konzentrieren, als die Erinnerungen auf ihn einprallen:

Der fünfte Ermittlungstag begann für Lieutenant Commander Shellar mit einem eher wenig intensiven Frühstück in aller Einsamkeit, an einem außer ihm leeren Tisch fernab der Zeit, in der die anderen vom Special Protection Corps ihr erstes Tagesmahl einnahmen.

Er hatte nicht länger schlafen können und war deshalb frühzeitig auf den Beinen. Kurz darauf begab sich Shellar zu dem Büro der Psychologin, deren Kennenlernen er gerne intensivieren wollte. Doch das Büro wurde von ihm leer aufgefunden, obwohl die Tür unverschlossen war.

Shellars Gespür und seine Neugierde ließen ihm keine Ruhe, und er konnte sich nicht länger zurückhalten. Shellar betrat heimlich die Militärstube, sich vorher umschauend, ob niemand ihn sehen konnte. Eiligst strebte er auf den großen Schreibtisch zu.

In dessen oberster Schublade, die zwar mit einem Schloss versehen war, aber etwas offen stand, fand er eine interessante Akte. Sie behandelte die Mitglieder der Einheit des Kommandanten. David blättert die einzelnen Bögen um, die sich jeweils mit einem Soldaten oder einer Soldatin beschäftigten und fand rasch eine nachträgliche Änderung, die nicht zu dem Bild der ursprünglich mit Computer verfassten Bögen passte.

Fast alle Personen waren oben rechts auf ihrer Seite mit einem in Bleistift geschriebenen Plus markiert. Lediglich zwei Personen waren nicht markiert, zwei weibliche Lieutenant, bei denen Shellar allerdings nichts ungewöhnliches Bemerken konnte. Außerdem fiel ihm auf, dass der tote Soldat aus Commander Hoffmanns Truppe ein umkreistet Pluszeichen besaß.

Von diesen unwichtig scheinenden Vermerken war die Akte vollkommen identisch mit Standardmilitärakten, in denen Daten der Truppenmitglieder eingetragen waren. Shellar nahm weitere Akten aus dem Fach in der Schublade und sah sie hastig durch.

Er erblickte nur vereinzelte Markierungen, stets dieselben, bei Soldaten aller Art: Piloten, Wachmänner, Mitgliedern spezieller Einsatzkommandos. Der Lieutenant Commander runzelte seine Stirn und legte die Akten zurück. Er reorganisierte den Schreibtisch wieder anhand der alten Ordnung, die er sich eingeprägt hatte und trat an das Fenster des Büros.

Draußen erblickte er einige der Corps beim täglichen Standarddrill. Er spürte ein düsteres Gefühl von Vorahnungen in sich aufkommen, als er die Soldaten mit angelegtem Gewehr und in voller Kampfmontur daherschreiten sah. Plötzlich trat Doktor Susan Walter in ihr Büro, für einen Moment erschrocken, eine nicht eingeladene Person zu erblicken. Sie fing sich schnell und lächelte: „Guten Morgen, David. Was tust Du hier?"

„Hallo, Susan. Es tut mir leid, ich wollte nicht eindringen. Ich habe gehofft, Du bist bereits wach. Als ich die Tür offen vorfand, dachte ich, Du bist lediglich kurz weggegangen und kommst bald wieder."

„Du hast recht, ich war gegenüber in der Toilette. Ich freue mich Dich zu sehen. Wie kann ich Dir helfen, oder liegt Dir etwa nichts auf der Zunge?"

„Eigentlich dachte ich, vielleicht täte es mir gut, jemanden von meinem neuerlichen Alptraum zu berichten. Aber in der Zwischenzeit, als ich hier am Fenster stand, haben sich meine Eindrücke gelegt. Ich denke, es belastet mich nicht mehr."

„Das ist sehr gut. Du darfst die Alpträume nicht in Dein Inneres lassen. Besiege sie."

„Ja, Du hast wohl recht, Susan. Wenn ich mich beeile komme ich noch zum Frühstück."

„Ja, für den Corps von Commander Hoffmanns ist es an der Zeit. Guten Appetit. Allerdings solltest Du Dich nicht zu sehr in seiner Nähe aufhalten", grinste sie.

„Danke Dir, Susan."

Auf seinem Weg nach draußen an ihr vorbei, schenkten sich die beiden einen eindringlichen, sehr freundlichen Blick, während sich David darüber Gedanken machte, ob sich sein Entschluss, ihr nicht zu vertrauen und sie zu hintergehen wirklich nötig und richtig war.

Shellar begab sich nicht in die Messe, sondern entschloss sich einen wichtigen Schritt bei der Aufklärung dieses Todesfalles zu unternehmen. Er ging in die Offensive, und nahm einen direkten Waffenaustausch vor. Shellar lief zum Überwachungsraum. Die wachhabenden Offizier blickten ihn überrascht an, sie hießen ihn nicht gerade willkommen.

„Wer ist der leitende Wachhabende?"

„Ich, Sir, Lieutenant Hobbsen."

„Gut, Lieutenant Hobbsen, ich verlange den Namen des leitenden wachhabenden Offiziers zur Zeit des Todesfalles von Lieutenant Gerhard."

„Ich bin nicht befugt …"

„Aber ich bin zu den Ermittlungen in diesem Fall befugt. Einschließlich sämtlicher Aktionen, die zur Klärung des Falles beitragen, oder ihn betreffen. Ich sehe Ihre Reaktion auf meine Frage als Behinderung meiner Ermittlungen an und muss Sie, Lieutenant Hobbsen darauf hinweisen, dass Sie im Falle einer Behinderung der Ermittlung mit sofortiger Wirkung unter die Anklage der Vertuschung eines Mordfalles geraten. Sollte sich meine Befürchtung nicht auf der Stelle auflösen, muss ich Sie Kraft meines Amtes in Verwahrung nehmen und unter Arrest stellen lassen. Sie werden binnen kürzester Zeit vor ein neutrales Militärgericht gestellt."

„Der Wachoffizier war Lieutenant Larson."

„Danke, Lieutenant Hobbsen. Wo hält er sich auf?"

„Er gehört in den Rhythmus der Staffel Commander Hoffmanns. Das bedeutet, er wird sich nun wahrscheinlich in der Messe aufhalten und frühstücken."

„Ich weise Sie alle auf meine Autoritätsgewalt in dieser Ermittlung hin und verlange, dass mir zwei bewaffnete Soldaten folgen, die ab sofort ausschließlich unter meinem Kommando stehen."

„LeFleur, Habermann, Ihr untersteht ab sofort Commander Second Degree Shellar."

„Aye, Sir."

Shellar hatte ein siegreiches Grinsen im Gesicht, als er sich umdrehte und den Weg zur Messe einschlug. Einen kleinen Kampf hatte er bereits gewonnen.

„Commander Second Degree Shellar, ich habe die Pflicht als Kommandohabender dieser Kompanie Sie dahingehend zurechtzuweisen, dass Sie außerhalb der Anfangszeiten des Frühstücks hier erscheinen. Haben Sie etwas zu Ihrer Entschuldigung vorzubringen?"

Shellar überging den Kommandanten und sein Augenmerk wandte sich den kleinen militärischen Namensschildern auf den Uniformen der Soldaten zu. Er fand Lieutenant Larson in der Nähe der Commanders sitzend vor.

„Archer, führen Sie diesen Lieutenant ab. Lieutenant Larson ist hiermit verhaftet und steht unter der Anklage der Beihilfe zum Mord und der eventuellen Mittäterschaft. Bringen Sie ihn in eine Arrestzelle."

Shellar hatte die beiden Archer, die aus der momentanen Wachmannschaft mit fester Stimme angewiesen. Archer waren Teil der Funktionsränge im Gegensatz zu den

Befehlsrängen der Offiziere. Nach der Militärneuordnung vor einigen Jahren gab es nur noch Befehlsränge mit Offizieren, der niedrigste Rang dabei war Lieutenant, und die Funktionsränge. Die Ränge eines Unteroffiziers waren vollständig eliminiert worden. Die beiden Archer waren zwar niedrig im Rang, aber als Teil der Wachmannschaft waren sie solange ihre Wachschicht nicht beendet war jedem anderen Soldaten des Wachgebietes, also dieses Stützpunktes übergeordnet. Es galt für sie nur die Wachhierarchie, mit dem Kommandohabenden des Stützpunktes an der Spitze. Ausserdem spürten die Soldaten, dass sie Shellars Befehlen auch Folge leisten zu hatten, da er volle Befugnisse für seine Ermittlungen hatte.

„Lieutenant Shellar, ich verlange eine Erklärung!', brüllte Hoffmann, während der Raum ansonsten still war.

„Special Commander First Degree Hoffmann, ich ersuche Sie die korrekte Formulierung zu benutzen. Commander Second Degree Shellar. Sir, ich habe konkrete Beweise, dass an Lieutenant Gerhardt ein Mord verübt wurde, und ich verhafte Lieutenant Larson aufgrund dringen Tatverdachtes der aktiven Beihilfe zum Mord."

Commander Hoffmann sah mit merklich unheilverkündenden Blick auf den Soldaten des „normalen" Militärs. Er stutzte aufgrund der Selbstsicherheit mit der David Shellar auftrat. Der junge Offizier schien sich bemerkenswert sicher zu sein.

Larson sprang auf und reagierte zu plötzlich für seine Bewacher. Er schwang um seine Achse und zerbrach mit einem Sprung die daraufhin klirrende Glasscheibe des nächstbesten Fensters in seiner Nähe. Die zwei Soldaten, die Shellar sich unterstellt hatte, zeigten keinerlei Aktivität,

David musste selber kontern. Er riss den Esstisch fast um bei seinem unkontrollierten Versuch das Hindernis rasch zu überwinden.

Shellar sprang ebenfalls aus dem Fenster der Messe im Erdgeschoß, Larson auf der Spur. Shellar kam ein wenig zu spät. Vor ihm auf dem Exerzierplatz hatte sich der angeklagte Soldat des Special Protection Corps auf den Betonboden gekniet und seine äußerst präzise Handfeuerwaffe wurde gezückt.

Shellar verharrte einen Augenblick, da er mit einer Gegenattacke rechnete, welche jedoch ausblieb. Die Mündung der Waffe bewegte sich zu Larsons Unterkinn, den Lauf steil nach oben gerichtet, und mit Tränen in den Augen verlor der Mann sein Leben, selbstgewählt ging er in den Tod. Es stellt sich nur die Frage, inwieweit frühere Erlebnisse dieses Ereignis gefordert hatten.

Shellar bewegte sich nicht, der Anblick dieses Menschen, den eine ungeheure Kraft innerlich gezwungen haben musste den Freitod zu nehmen, tangierte ihn mehr als jedes Kampfgeschehen, das er bisher gesehen hatte. Es war das Morbide und Unnötigkeit der Situation, die sein Gemüt so erregte.

Aus den Augenwinkeln bemerkte Shellar zwei Wachen sich nähern, und etwas in ihm gab ihm einen Ruck. Er lief schnell los und riss an Ort und Stelle an der Kleidung des Toten herum. Kurz darauf sah er das vermutete eintätowierte Zeichen. Der Tote war ebenfalls gezeichnet.

Shellar wußte, dass seine Chancen schlecht standen. Er hatte keinerlei Beweise und keinerlei Zeugen mehr. Wenn die, wer auch immer sie waren, es geschickt anstellten, dann würde bald die Aussage Gültigkeit haben, dass dieser tote

Soldat vor ihm der Mörder des anderen gewesen war und sich der Strafe durch Selbsttötung entzogen habe.

Shellar spürte Unmut und wünschte sich sehnlichst, in eine andere Zeit und an einen anderen Ort katapultiert zu werden. Shellar sprach nicht einmal mehr mit dem Commander über diesen Fall, sondern er zog sich in sein Zimmer zurück und versank in seinen Gedanken. Dem Commander gefiel dies nicht, da er Antworten hören wollte, aber heute sollte er keine mehr bekommen.

Shellar setzte sich an den kleinen, kitschigen Holztisch in seiner Stube und seine Hand malte von allein, von einem Subprozess seines Gehirns gesteuert, ohne dass Shellar dies selbst kontrollierte, kleine deutsame Bilder auf die Berge von leerem Papier, die überall verstreut lagen.

Er handelte vollkommen unbewusst, seine eigene Identität war sozusagen ausgeschaltet. Irgendwann griff seine freie linke Hand nach der Sprudelflasche, die neben einem Tischbein verweilte und hob diese hoch. Shellar schien zu erwachen und legte den Stift beiseite. Seine Augen wirkten nun merklich aktiver.

Er griff mit der rechten Hand den Flaschenhals, und intuitiv kratzte er mit dem Daumen an dem Aufkleber der Flasche. Als David schließlich seinen Durst richtig spürte, riss er die zerkratzte Etikette ab und bewegte die Flasche zum Mund.

Seine Pupillen benötigten einige Zeit, bis sie sich scharf gestellt hatten und deutlich das winzige Loch in dem Verschluss entdeckten. Er erstarrte in seine Bewegung und senkte die Flasche wieder. Shellar stellte sie ab. Er blickte auf die gläserne Todesfalle und lächelte. Die Ermittlung war noch nicht am Ende. Er musste diese Flüssigkeit gut aufbewahren.

Und austauschen, falls jemand sein Zimmer überprüfte. Sicherlich würden sie nachschauen, ob er verstorben war, und wenn nicht, so würden sie versuchen dies nachzuholen. Aber Shellar schwor sich alle Täter ausfindig zu machen. Shellar nahm sich seinen Plastikkulturbeutel und räumte ihn aus.

Die wenigen Utensilien verstaute er ordentlich in seiner Reisetasche. Schließlich goss er die vermutlich vergiftete Flüssigkeit in die wasserdichte Tasche und versteckte sie unterhalb seinen Bettes, wobei er darauf achtete, dass sie sicher stand, damit ihm dieses Beweismittel nicht entging. Shellars Augen wandten sich erneut der nun leeren Flasche zu. Sein Plan würde bestimmt aufgehen. Hoffentlich.

Nacht nach dem fünften Ermittlungstag:

Shellar hatte lange wachgelegen, er zwang sich dazu, und zu Beginn fiel ihm dies nicht allzu schwer. Schließlich wurden seine Lider schwer und zogen streng nach unten. Seine Gegenwehr schwächte ab, und der Schlaf sog ihn in sein Reich. Seine Pistole hielt er auch beim Ausruhen fest in seiner Schusshand, noch gesichert. Er schwamm dahin, sanfte Wogen trugen ihn hin und weg und wieder zurück. Er fühlte sich gut behütet und andererseits endlos allein.

Wer würde ihm nahekommen? Würde dies jemand? Tief empfundene Nähe. Er wollte sie fühlen. Würde es. Nicht jetzt. Sein eigener Körper produzierte die Wärme, welche ihn umgab. Er war geborgen. In diesem Leeren etwas, dass er zu füllen versuchte. Im Schlaf. Ein Geräusch erweckte seine Aufmerksamkeit. Er war hellwach.

Seine Lider öffneten sich ein wenig, er bemerkte

schattenhafte Figuren aus der Dunkelheit, die auf ihn zu glitten. Von Schlaf nicht ganz gelöst, sondern zu einem kleinen Teil gefesselt, vermochte er nicht zu deuten, ob es Hirngespinste waren, ob er sich verrannt hatte, oder ob die Realität den Schläfer eingeholt hatte. Sein Geist klärte sich.

Eine der Gestalten, er vermochte drei auszumachen, war an den Tisch getreten und suchte offensichtlich nach der Flasche. Shellar schloss die Augenlider wieder fest. Wahrscheinlich hatten die Nachtsichtgeräte, und er musste sich hüten. Shellar hörte ein paar sehr leise gehaltene Geräusche, er vermutete, dass einer der nächtlichen Eindringlinge gerade die Flasche überprüfte um nachzusehen, ob Shellar bereits davon getrunken hatte.

Schließlich vernahm er einige Schritte, deutlich lauter als zuvor, man hatte die leere Flasche gefunden und dachte wohl, sicherer auftreten zu können. Die Schritte näherten sich Shellar auf eine gefährliche Distanz hin. David bewegte den Zeigefinger seiner rechten Hand und entsicherte mit einem Zucken die todbringende Waffe just als ein Schritt erklang, damit das Geräusch das Klicken übertönte. Eine Hand legte sich auf seinen Hals, zwei Finger umfassten die Halsschlagader.

Der Test, die letzte Probe, Zeit zum Einschreiten. Shellar riss die Augen auf und seinen Arm hoch, den er sofort in Richtung der Person lenkte, die ihm so nahe gekommen war. Er hörte ein Poltern im Teil des Zimmers vor der Eingangstür. Die Gestalt neben ihm hatte gute Reflexe, sie trat Shellar die Waffe aus der Hand. Die Pistole prallte an die Zimmerwand und fiel zurück ins Bett.

Shellar schlug wild zu und traf seinen Gegner schmerzhaft. Er rollte sich aus dem Bett und konnte ein schnell ausgesprochenes „Scheiße" hören. Seine Arme ruckten zweimal, und er hatte seinen vermeintlichen Meuchelmörder in der erogenen Zone getroffen. Der Kerl klappte zusammen. David richtete sich auf, ein Tritt traf ihm ins Gesicht, der zweite Eindringling schritt ein.

Shellar stand noch nicht, sondern kniete und nachdem ihn ein zweiter Tritt erwischt hatte, machte er einen Satz nach vorne und stieß mit seinem Kopf in die Magengegend seines Feindes. Ein Schlag erwischte ihn von rechts, der bereits vorhin geschlagene Gegner wurde wieder aktiv.

Shellar musste sich beeilen, wollte er sein Leben nicht verlieren. Er wandte sich nach rechts und schlug ungenau gezielt damit es schneller ging, einfach drauflos. Er traf an die Stelle, auf die er gehofft hatte, genau in die Kehle. Sein Gegner war kampfunfähig.

David zwang sich die Schläge zu ignorieren und packte sich den Wehrlosen. Er zog ihn herum, wie eine Art Schild um Schläge abzuwehren und versetzte dem Leib einen Stoß. Ein Poltern und Krachen, David vermochte nichts genaues auszumachen, zu schlecht war sein Sehvermögen in dieser schwarzen Kammer. Aber er vermutete, dass die anderen über den auf sie gestoßenen Körper gestolpert waren.

Seine Chance. David sprang zurück auf Bett und ließ seine Hände umherwandern. Er bekam die Waffe zu fassen und richtete sie aus. Er brauchte nicht abzudrücken. Es gab keine weitere Attacke. Das Zimmer war leer, von seiner Person abgesehen. Sie waren fort. David machte Licht an und sicherte das Zimmer ein weiteres Mal ab, aber niemand versteckte sich, weder hinterm Schrank noch unterm Bett.

Er wischte über sein Gesicht, welches ihn schmerzvoll an sich erinnerte, und seine Hand war mit seinem eigenen Blut befleckt. Verdammt, er musste fürchterlich aussehen. Da bemerkte er den Zettel auf dem Tisch. Es war eine Art Brief, und der Inhalt gefiel David Shellar ganz und gar nicht.

Es war ein Abschiedsbrief vom Leben, unterschrieben mit der ihm eigenen Unterschrift. Shellar versteckte auch dieses Beweismittel und legte sich wieder schlafen, nicht ohne vorher den Schrank vor die Zimmertür gerückt zu haben.

HEILIGES INTERMEZZO

Rom, der Vatikan. Umschlossen von der allgegenwärtigen Besatzungsmacht der amerikanischen Truppen, ist die Heilige Stadt selbst neutral geblieben. Wie so oft in der Geschichte.

„Nikolai, ich habe Euch aus Euren Gemächern rufen lassen."

„Und ich bin erschienen, Heiliger Vater."

„Lange Zeit wohntet Ihr in diesem meinem kleinen Staat, ganz in meiner Nähe, dennoch habe wir uns seit drei Jahren nicht mehr gesprochen. Ihr wart so verzweifelt, mein Sohn."

„Es war ein grauenvoller Anlass, der unser letztes Gespräch verursachte."

„Ja, mein Sohn. Es war der Preis. Es war gefordert worden", bemerkt der Heilige Vater sanft mit viel Trauer in seiner Stimme.

„Es war mein Tribut an das Licht und die Dunkelheit, Heiliger Vater. Das hatten wir bereits besprochen. Ich bin fehl auf dieser Welt, mein Geist wird nicht mehr benötigt", antwortete der Mann namens Nikolai. Er war lange Jahre für den Europäischen Geheimdienst tätig gewesen, ist allerdings auch dem Vatikan stark verbunden.

„Und was ist mit der jetzigen Krise? Nikolai, Ihr seid Jehlodwahn. Ihr seid der Weltenretter", sagt der Herr des Vatikans beinahe flehend.

„Meine Kraft wurde geopfert. Ich kann keinen Einfluss mehr nehmen, genauso wenig, wie ich vor drei Jahren das Ende der Stadt der Liebe verhindern konnte. Meine Kraft kann ich nur wieder erlangen, wenn ich die Welt verlasse."

„Ja, mein Sohn. Die Kraft habt Ihr verloren. Aber Ihr seid Jehlodwahn, und noch weilt Ihr auf dieser Welt. Ihr habt mit der Allmächtigkeit gestritten und das Ende der Welt verschoben, mit der Opferung Eurer Kraft, und der Hilfe des Unterbinders. Aber auch ohne die Kraft seid Ihr Jehlodwahn, der Weltenretter, treuer Freund Nikolai. Rettet unsere Welt, Ihr habt den Verstand und die Verbindungen. Rettet die Welt, befreit die Menschen."

„Heiliger Vater, Eure Worte sind wahr, und Ihr wart mir immer ein guter Freund. Ihr wisst, dass ich als Nikolai Rosenheim dem geheimen Dienst der Europäischen Union gedient habe, so wie ich Euch gedient habe. Und Euer Wohlwollen war mir dabei stets gewiss. Damals war die Welt beinahe dem Untergang geweiht, aber wir konnten sie retten. Ich fürchte, erneut steht der Untergang bevor. Ich erklärte Euch von dem dunklen Tag des Mondes, und von unserem Einwirkungen auf das Bündnis mit Russland. Ich und meine Gruppe befanden uns damals im Kampf gegen die Sekte der Wende. Es wurde von vier Zeichen vor dem Ende der Welt berichtet. Der Westen wird in Armut versinken, das Land der Daten wird erschüttert, die Ärmsten der Menschen werden durch eine Seuche sterben. Diese drei Zeichen waren erfüllt, wir sprachen damals darüber, ich möchte nicht näher darauf eingehen. Das vierte Zeichen hieß, die Menschen des kleinen Kontinentes werden verbrennen. Wir erklärten dieses Zeichen damals mit der steigenden Zahl der Hautkrebserkrankungen in Australien. Nun ist das Zeichen weitaus reeller erfüllt worden. Die Prophezeiung könnte jetzt eintreffen, statt damals."

„Mein Sohn, was Du mir berichtest, hat eine machtvolle Konsequenz. Wie können wir diese Konsequenz aufhalten?", fragt der Stellvertreter Gottes auf Erden besorgt.

„Das Außerweltliche ist mit der Realität stark verbunden. Wir müssen in unserer Realität die Zerstörung von Menschenleben stoppen. Wir müssen Wellingtons Pläne vereiteln um das bevorstehende Weltende zu verhindern. Leider sehe ich keine Möglichkeit. Ich habe meine Kontakte benutzt. Wir müssen warten, Heiliger Vater. Ein Engel ist unterwegs."

„Ein Engel, Nikolai?"

„Ja, Heiliger Vater. Ein menschlicher Engel. Mit seiner Hilfe wird die Welt gerettet, bevor ich als Jehlodwahn diese Welt verlasse."

„Werdet Ihr wirklich von uns gehen, Nikolai?"

„Ja. Wenn die Gefahr gebannt ist, Heiliger Vater. Ich werde danach gebraucht, jedoch nicht hier. Dies war unser letztes Treffen", sagt der Mann zum Heiligen Vater.

„Ich danke Euch, Jehlodwahn, für die Jahre unserer Freundschaft. Gehet hin in Frieden und bringt ihn unter uns Menschen, bevor Ihr zu unser aller Vater zurückkehrt. Die Kirche steht hinter Euch. Schützt die Welten und macht aus dem Kreislauf von Anfang und Ende eine Ewigkeit, wie es Eure Aufgabe ist."

HIMMELSFEUER

Das Basislager ist vergleichsweise groß, flächenmäßig liegt es über der durchschnittlichen Größe einer Militärbasis. Der Seraphim kommt zu dem Schluss, dass er sich irrte, als er angenommen hat, dass sich die Soldaten alle untereinander kannten. Hier sind gewiss über zehntausend Soldaten stationiert, unmöglich, dass sich alle kennen. Vermutlich kannte nur die eine erschossene Wache jeden, der das Lager an der Stelle verließ. Ursprünglich hat Shellar daran gedacht, bei einer kleinen Basis die Station mit zu ergatternden Sprengsätzen zu vernichten, aber diesen Gedanken verwirft er nun.

„Wohin gehen wir, David?"

„Einen genauen Plan versuche ich noch zu Entwerfen. Ich will versuchen in die Forschungsstation zu kommen. Dazu müssen wir sie finden und Einlass bekommen. Ein höherer Rang für mich wäre gut, ebenfalls die Uniform oder den Anzug einer militärischen Forscherin für Dich. Wir erkunden folglich das Gelände, und wenn mir passend gekleidete Personen auffallen, wechseln wir unsere Kleidung."

Er meint das Gesagte durchaus ernst. Nach einiger Zeit des Nichtauffallens tragen beide weder ihre zivile Kleidung noch Dschungeltarnfleck, sondern die einfarbigen hellgrauen Uniformen von militärischen Angehörigen der Forschungsabteilung. Und ihnen ist jetzt die Lage des Forschungskomplexes bekannt.

Es ist ein Leichtes in die Forschungsabteilung hineinzukommen. David missfällt lediglich, dass er mit dieser Uniform kein Gewehr tragen kann, dies gehört nicht zu einem Angehörigen der Forschung. Versteckt führt er eine Pistole mit sich. Valerie Haber trägt zusätzlich das Abzeichen einer hochrangigen Wissenschaftlerin, auf diese Weise werden sie am weiteren Vorgehen nicht behindert.

Allerdings bemerkt Shellar die Sicherheitskameras und elektronische Sicherungen, welche manche Teilsektoren verschließen. Er weißt Valerie an, in einem der Pausenräume zu warten und verschwindet. Sie wartet über eine halbe Stunde.

Als er wiederkommt, nickt er ihr zu und verschwindet durch einen anderen Gang. Er trägt eine schwarze Aktentasche bei sich und ist zielstrebig. Valerie folgt ihm mit etwas Abstand. Mit Hilfe einer elektronischen Karte und einem Code, den er sich anscheinend beschafft hat, öffnet er einen Sicherheitsbereich mit der Aufschrift Black Sector.

Zwei Wachposten treten ihm entgegen und überprüfen einen Ausweis, welchen er ihnen entgegenhält. Valerie hört, dass sie das Photo monieren und Gabriel hier noch nicht gesehen haben. Shellar erklärt ihnen lächelnd, dass er her beordert wurde und gerade erst eingetroffen ist, dass das Photo ihn mit Bart zeige, den er inzwischen allerdings abrasiert habe. Valerie tritt zu der Gruppe und begrüßt Shellar förmlich.

„Guten Tag, Captain, ich bin Doktor Kingston. Ich bin ebenfalls gerade angekommen und habe bereits gedacht Sie zu verpassen. Das trifft sich ja gut. Wir können uns gleich die bisherigen Forschungsergebnisse ansehen.“

Die Wachen blicken von Shellar zu Valerie, sie sind ein wenig unsicher. Shellar redet erneut mit ihnen.

„Wie Sie sehen, habe ich Wichtiges mit dem Doktor zu

besprechen. In meinem Passierschein ist eingetragen, dass ich eine Begleitung mit in den Sektor nehmen darf, der Doktor dürfte seine Papiere noch nicht erhalten haben. Können wir nun passieren?"

Commander David Shellar weiß genau, was er will. Und die beiden Wachposten hat er nicht töten wollen, er hätte damit bestimmt Alarm ausgelöst, schließlich gibt es überall Kameras. Sie dürfen passieren. Beide erreichen hinter mehreren Gängen und einer weiteren Codeschranke ohne Wachposten einen Raum voller Akten. Shellar entnimmt der Aktentasche einen Quader aus Kunststoff mit einem eingebauten Tastenfeld und weist Valerie an, Informationen zu sammeln. Valerie untersucht die Akten und entnimmt zwei den Regalen, welche sie in die Aktentasche legt, während Commander Shellar die Tasteneingabe beginnt.

Als sich Shellar und Valerie später in Richtung der Hangare der Basis bewegen, erklingt eine tösende Explosion in einem anderen Bereich der Station, die Druckwelle spürt man sogar noch hier, und einige Trümmerteile fliegen durch die Luft. Das Himmelsfeuer vernichtet den Stützpunkt. In dem allgemeinen Chaos gelingt Commander David Shellar der Zugriff auf ein stationiertes Flugzeug, und er benötigt lediglich kurze Zeit um die Bedienung des Alien Technology Fighters zu verstehen.

Auf dem langen Flug berichtet der Seraphim Valerie, wie er seinen Engel, seine verstorbene Frau kennenlernte:

Morgens, 6 Uhr 58 am sechsten Ermittlungstag. Shellar betrat die Messe. Es war Zeit zum Frühstücken. Er hatte extrem lange damit zugebracht, sein Gesicht zu waschen, doch verbergen konnte er die Verletzungen nicht. Der Commander bemerkte sie rasch und stand von seinem Platz auf, um mit Shellar zu sprechen: „Wie haben Sie denn das angestellt? Verletzen Sie sich mittlerweile selbst, Lieutenant, um wenigstens ein gewisses Grad an Kontakt zu einem Menschen, wenn auch sich selbst, zu haben?"

„Nein, Special Commander First Degree Hoffmann. Ich möchte Ihnen hiermit melden, dass ich heute Nacht erneut belästigt wurde. Diesmal reichte es den Tätern nicht aus, mich im Schlaf zu stören, sondern sie drangen in meine Stube ein um mich zu liquidieren. Sozusagen einen Störfaktor beseitigen. Ich vermochte es jedoch, die drei Personen in die Flucht zu schlagen, da ich meine Waffe bereit gehalten hatte."

„Gibt es dafür Beweise, außer Ihren Verletzungen, denen man die Herkunft nicht ansieht?"

„Zu diesem Zeitpunkt möchte ich darüber keine Auskunft geben. Es reicht, wenn Sie den Vorfall zur Kenntnis genommen haben."

„Ich glaube Ihnen kein Wort, Lieutenant."

„Das ist zum Glück unwichtig, denn ich führe die Ermittlungen und bin Ihnen in dieser Hinsicht nicht verpflichtet. Ich habe versucht die Ermittlungen diplomatisch auszuführen, da mir dies von verschiedenen Stellen erschwert wird, werde ich heute mit meiner vollen Autoritätsgewalt durchgreifen. Kraft der mir gestellten Aufgabe befehle ich, Commander Second Degree David Shellar, Ihnen, Special Commander First Degree Hoffmann, mich ohne Ausnahme zu unterstützen. Als erstes werden wir nun Doktor Walter einen Besuch abstatten. Ich denke, wir müssen leider auf unser Frühstück verzichten."

Shellar begann diesen Tag mit einem Kreuzzug. Er ließ sämtliche Akten der Psychologin beschlagnahmen und kündigte – nach mehreren fehlgeschlagenen Protesten der Psychologin – dem Commander, sowie zwei anwesenden Wachen Verhaftungen und weitere Verhöre an, da er Beweise für eine groß angelegte Verschwörung innerhalb des Special Protection Corps hätte.

Shellar pokerte hoch. Er forderte seine Feinde damit geradezu heraus. David wollte, dass sie endlich ihr Gesicht zeigten. Und in gewissem Sinne besaß er ja sogar einige Beweise, wenngleich sie vor einem Gericht nicht ausreichend gewesen wären.

„Lieutenant Commander Shellar, ich verlange Sie in meinem Büro zu sprechen. Sofort."

Der Commander benannte David diesmal mit dem korrekten Rang, und Shellar nickte ihm wortlos zu. Beide setzten sich in Bewegung, Shellar den Stapel der ihm am wichtigsten scheinenden Akten unter seinem Arm geklemmt. Er wollte hier nichts mehr aus der Hand geben, was zu seinen Ermittlungen gehörte. Eine Tatsache, die er positiv fand, war, dass nicht jeder auf diesem Stützpunkt Mitglied der Verschwörung sein konnte, da er sonst bereits längst sein Leben verloren hätte.

Es würde reichen, in der Messe die Waffe zu ziehen, vor vielen Zeugen, und ihn zu erschießen, wenn alle Zeugen auf der Seite der Verschwörung stehen würden. Aber dem schien nicht so. Dies gab Shellar Hoffnung.

„Ich möchte endlich Klartext mit Ihnen sprechen, Lieutenant Commander Shellar. Also lassen wir den

Kinderkram mit den Rängen, auch wenn ich damit begonnen habe. Also, Shellar ich will die Wahrheit wissen. Wenn auf meinem Stützpunkt – und solange niemand höheren Ranges hier ist, ist dies mein Stützpunkt – eine Verschwörung im Gange ist, will ich alles darüber wissen um geeignete Schritte einzuleiten. Sprechen Sie offen, haben Sie wirklich Beweise?"

„Zum Anfang habe ich einen Beweis dafür, dass es Mord war, der an Gerhardt verübt wurde."

„Der wäre?"

„Der Tote wurde mit der Waffe in der rechten Hand gefunden. Der rechte Arm war eingeknickt und lag eng am Körper. Ich habe den Rückschlag der Waffe getestet. Der Arm wäre keineswegs eingeknickt gewesen, sondern weit zurück geschleudert worden, hätte das Opfer selbst geschossen. Hätte er dem Ruck keine Gegenkraft entgegengesetzt, hätte man sogar eine Verletzung am Arm entdecken müssen. Folglich war es kein Selbstmord, sondern Mord. Die Videobänder sind gefälscht worden, der Wachmann zur Tatzeit muss in dem Fall involviert gewesen sein. Leider hat er ja gestern Selbstmord begannen. Ich glaube er stand unter großen seelischem Druck. Übrigens fand ich eine Akte, die mir zu denken gab …"

Der Commander wirkte sehr nachdenklich, während er Shellar aufmerksam zuhörte, kein Detail entging ihm. Er zeigte Einsicht und sicherte David volle Unterstützung zu, woraufhin Shellar ihn gleich um eine Spezialausrüstung bat, er verlangte einige Videokameras, über die jedoch stillschweigen gehalten werden musste.

Noch an diesem Tag nahm Lieutenant Commander Shellar

Kontakt zu einem mit Colonel Palmstedt befreundeten Admiral in Belgien auf, und bat um die Zusendung einer zuverlässigen Truppe Soldaten, die ihn bei den Ermittlungen helfen sollten.

David benötigte Soldaten von außerhalb, da er niemanden in diesem Stützpunkt ohne weiteres Vertrauen konnte. Nach dem Gespräch und nachdem er heimlich die kleinen zigarettengroßen Spezialkameras, bis auf eine, an nur ihm bekannten Orten versteckt hatte, suchte er Susan auf, die er in ihrem Büro allerdings nicht auffand.

Er war sich unsicher, glaubte allerdings, dass ihn ein Gespräch mit ihr weiterbringen könnte, auch wenn er sich nicht darüber klar war, inwiefern. Ein ihm begegnender Wachsoldat gab ihm auf Anfrage die Auskunft, dass Doktor Susan Walter um diese Tageszeit meist im Fitnessraum trainierte, woraufhin sich Shellar zielstrebig auf den Weg machte.

Auf dem Weg fiel ihm ein, dass jetzt vielleicht der Augenblick der Wahrheit gekommen war. Er hielt sich abseits in der großen Turnhalle, so dass er nicht gesehen werden konnte. Nach einer halben Stunde konnte er erkennen, dass die attraktive Psychologin ihr Training beendete, und er folgte ihr versteckt, bis zur Tür der Umkleide. Unschlüssig stand er davor, sich nervös in alle Richtungen umsehend.

Endlich bejahte er den vorher gefassten Entschluss und öffnete die Tür vorsichtig einen Spalt. Die Umkleide bestand aus mehreren Spindreihen, und er konnte die junge Frau leider nicht sehen. Schnell wand er sich durch die enge Türöffnung und schlich umher. Aus einer Sporttasche konnte er einen Handspiegel ergattern und lugte damit um die Ecke, bis er den nackten gut durchtrainierten Körper der militärischen Psychologin, an dem kleine Schweißtropfen hinunter liefen betrachten konnte.

Und außer dem schönen Gefühl diesen begehrenswerten Körper sichten zu können, bevor sie in Richtung Dusche verschwand, machte er noch die planmäßige Entdeckung auf der Suche nach der Tätowierung. Sie besaß keine. Schnell verließ Shellar den Raum ohne Spuren zu hinterlassen und ohne gesehen zu werden.

Psychologen haben im Europäischen Militär entweder die Aufgabe, die eigenen Soldaten zu betreuen, arbeiten in den Informationseinheiten, einer Art PR-Abteilung im Krieg, oder sie gehören zum gefürchteten Frontnachrichtendienst und verhören dort Gefangene. Ihr Aufgabenspektrum war somit weit gefächert.

Bevor die Psychologin zurückkehrte, verschaffte er sich schnell Zutritt zu ihrem Büro, mit dem Schlüsselbund, den ihm der Commander gegeben hatte, und mit dem Shellar Zutritt zu jedem Raum bekommen konnte. Er brachte die letzte ihm zur Verfügung stehende Kamera an. In einem abgeschlossenen Raum neben seinem Zimmer lag auf dem Schrank ein Koffer, der die ankommenden Signale der Kameras mit seinen hochelektronischen Inhalt aufzeichnete.

Danach trainierte Shellar seinerseits und rejustierte auf dem Schießstand seine Pistole, ein Vorgehen, dass regelmäßig wiederholt werden sollte. Er machte sich bereit für alles was kommen konnte, und er erwartete viel. Nach dem Abendessen saß er in seinem Zimmer und analysierte die Aktenphotos.

Sein Flur wurde seit dem Gespräch mit dem Commander von ausgewählten Soldaten bewacht, denen aber trotzdem nur bedingtes Vertrauen entgegengebracht werden durfte. Abgesehen davon fühlte sich Shellar ein wenig sicherer, als die Nächte zuvor.

Seine genauen Untersuchungen der Akten ergaben aufgrund der beiliegenden Berichte über die Soldaten teilweise psychologische Schwachstellen bei den markierten Personen. Nach den Berichten waren sie entweder sehr pflichtbewusst oder aber leicht zu beeinflussen oder sehr gehorsam. Stets pendelten ihre Charakteristiken ausgeprägt in eine Richtung, die sich unter Umständen negativ auswirken konnte. Mit diesen unzureichenden Eindrücken wollte sich Shellar zu Bett legen. Es war die Nacht nach dem sechsten Ermittlungstages.

In diesem Augenblick klopfte es an der Tür. Shellar erstarrte in seiner Bewegung, mit der er sich gerade das weiße militärische Unterhemd hatte ausziehen wollen. Es lag eng an und hinterließ den Eindruck eines schlanken, nicht unbedingt muskulösen, aber durchaus durchtrainierten Oberkörpers.

Seine Angst legte sich ein wenig, als er reflektiert hatte, dass das Anklopfen an eine Zimmertür ein durchaus normales und keinesfalls aggressives Ereignis war. Shellar ergriff seine Waffe und entsicherte sie vorsichtshalber, bevor er die Barrikade vor der Tür entfernte und „Herein" rief. Lieutenant Commander Berringer betrat die Tür. Sie bemerkte schnell die Pistole in Davids Hand und seine nicht zu verbergende Unruhe.

„Guten Abend, Lieutenant Commander Shellar."

„Oh, seltsam, wie Sie meinen Rang diesmal aussprechen, Special Lieutenant Commander Berringer."

Sie musterte ihn aufmerksam. Irgendwie war David dies

unangenehm.

„Ich hörte von der entspannten Situation zwischen Ihnen und Commander Hoffmann. Ich wollte ebenfalls Frieden schließen, und Sie nicht erneut provozieren."

Shellar konnte nicht verhindern, dass seine Wangen erröteten.

„Verzeihen Sie. Ich wollte nicht negativ klingen. Es freut mich, dass meine Aufgabe langsam wenigstens akzeptiert wird. Ich bin kein Feind des SPC, auch wenn es so aussehen mag. Durch meine Ermittlungen helfe ich doch auch dem guten Ansehen, wenn ich schändliche Mitglieder ausfindig mache."

„Natürlich. Nur sahen wir dies bisher anders. Unsere Ausbildung das normale Militär als Gegner anzusehen war vielleicht zu gut. Commander Hoffmann sagte mir, ab sofort unterstützen wir ihre Ermittlungen. Ich wollte Sie fragen, was an den nächtlichem Überfall wirklich dran war."

Sie sah ein Zucken seiner Arme und deutete es als ein Anzeichen für Nervosität und innere Furcht, die er nicht nach außen dringen lassen wollte.

„Es ist wahr, ich habe keineswegs übertrieben. Ich habe jetzt noch Prellungen."

Ihre Aufmerksamkeit wandte sich einigen Blutergüssen auf seinen Oberarmen zu.

„Es sieht schlimm aus."

„Keineswegs schlimmer als meine Kampferlebnisse."

„Sie haben bereits aktive Kampferfahrungen gemacht?', fragte sie um ein weniger verfängliches Thema anzuschneiden und die Situation zu entspannen.

„Ja, nicht gerade wenige. Aber ein offensichtlicher Feind, den man erwarten kann, ist nicht so schlimm wie das unangenehme Gefühl eines Angriffes in den eigenen Reihen aus dem Hinterhalt."

„Sie haben Angst", stellte sie ruhig fest.

„Scheiße, ja. Jeder in diesem Stützpunkt kann mein Feind sein, und die werden wieder versuchen mich zu töten. Wie würden Sie sich fühlen, wenn Sie niemandem trauen könnten?"

Er setzte sich auf sein Bett. Sie trat vor ihn und zögerte kurz, dann nahm sie neben ihm Platz.

„Ich würde mich sehr schlecht fühlen."

„Das tue ich. Ich hatte Alpträume. Es quält mich, die Augen nicht einfach zufallen lassen zu können, weil diese Bedrohung vorhanden ist."

„Sie haben Angst allein zu sein", kommentierte sie.

Er antwortete nicht. Er bemerkte, dass sie den steinigen Weg zu seinem Inneren fand, und er gab sein Inneres nie gerne Preis, zu oft hatte man ihn damit verletzt.

„Ich meine nicht nur in diesem Fall. Sie leiden unter dem Alleinsein?", bohrte sie nach.

„Bei meiner Diensterfüllung gegenüber dem Militär und dem Europäischen Volk bleibt nicht viel Zeit für Privatleben."

„In der Schwimmhalle waren Sie entweder mutig oder sehr dumm."

„Weil ich Ihnen ein Kompliment gemacht habe?", fragte er und spürte die Wärme in seinen Wangen.

Sie schaute irritiert: „Weil Sie Hoffmann herausgefordert haben."

„Ich hatte meine Gründe", bemerkte David kurz angebunden.

„Und was Sie mir in der Schwimmhalle gesagt haben, wie

meinten Sie das?", ging sie jetzt auf seine vorherige Bemerkung ein.

„Ich lüge nicht. Nicht, wenn Ihre Augen mich anblicken. Ich meinte es ernst, ich finde Sie sehr hübsch. Leider."

„Hm? Warum?"

„Weil Sie mich hassen. Ich habe es von Anfang an in Ihren Augen gesehen."

„Ansichten ändern sich. Ich denke anders über Sie. Zuerst hielt ich Sie für einen Verlierer und einen Störenfried. Aber ich muss sagen, ich hätte niemals damit gerechnet, dass Sie sich trauen würden, den Commander herauszufordern. Dazu gehört Mut."

„Ich denke, dass war ein Kompliment. Ich danke Ihnen, …"

„Joana."

„David."

„Ich werde Ihnen helfen, wo ich kann."

„Danke, Joana. Wenn dies erledigt ist, gehen wir gemeinsam aus?"

„Gern."

Sie verließ ihn wieder, und er hing seinen weitläufigen Fiktionen nach. Bis ihn mitten in der Nacht der Alarm aus dem Schlaf rief. David öffnete seine Zimmertür und sah vorsichtig in den Gang. Ein bewaffneter Soldat, der eigentlich den Gang überwachen sollte, grüßte militärisch und sagte: „Lieutenant Commander Shellar? Wir sind in Alarmbereitschaft. Aber dies ist kein stationärer Alarm, es bedeutet, dass ein Teil des SPC ausrücken muss. Es betrifft uns nicht. Sie können beruhigt weiter schlafen."

„Danke, Lieutenant."

David Shellar zog sich an, um nachzusehen, welche Gefahr dort draußen tobte. Er wies die Wachen an, niemanden auch nur in die Nähe seines Zimmer treten zu lassen und hoffte, dass sie nicht alle der Verschwörung angehörten. Schlecht standen die Chancen nicht, nur einen der sechs Wachen hatte er markiert vorgefunden.

Shellar ging in die unteren Etagen, und sah aus einem Fenster Helikopter auf dem Appellplatz landen, ihre Motoren blieben an, es schien alles schnell gehen zu müssen. Aufgeregt strömten von überall her Soldaten an ihm vorbei, sie machten sich einsatzbereit. Shellar fiel in dem allgemeinen ernsten Getümmel nicht weiter auf.

Er lief in Richtung gegen des Stroms von schwer bewaffneten Kriegern, die nicht den Anschein einer Übung erweckten. Shellar erreichte die Waffenkammer mit einem Umkleideraum, der vor Spezialausrüstung kaum mehr Platz freigab. Shellar war entschlossen, alles zu tun, was sein musste um diese Ermittlung zu Ende zu bringen. Schließlich wartete eine Verabredung mit Berringer auf ihn.

Er kleidete sich in dem leeren Raum um. Er musste sich beeilen, anscheinend waren die anderen schon ausgerückt. Ein wenig Zeit blieb ihm noch, er ging davon aus, dass die Operationsleiter noch die Taktik des Einsatzes besprachen, worum auch immer es gehen mochte. Ebenfalls schwer bewaffnet mit der Jealon6, einem Einhand-Automatikgewehr des SPC, dass ein Laserpunktzielvisier besaß und besonders schnell nachzuladen war, sowie seiner eigenen kleinen Pistole und dem Nachtsichtgerät, welches noch mit einem Lederriemen von seinem Hals baumelte, war er für diesen Nachteinsatz gerüstet.

Shellar rannte mit lang ausholenden Schritten nach draußen, während er den Helm aufsetzte. Der Helm war vorne frei, allerdings war sein Gesicht jetzt mit schwarzen Tarnfarben bemalt, so dass man ihn wegen des fehlenden Lichtes im Hubschrauber nicht als Lieutenant Commander Shellar erkennen konnte, als er in den modernen Hubschraubertransporter kletterte.

Er fand einen engen Sitzplatz auf den metallenen Seitenbänken und schließlich hob der Helikopter ab, nachdem ein letzter Soldat herein gesprungen war. Es war der Anführer der Truppe in diesem Hubschrauber, Lieutenant Commander Berringer. Shellar senkte seinen Kopf tief, als würde er nachdenklich zu Boden starren, damit ihn niemand genau betrachten konnte.

„Okay, Soldaten, alle Anwesenden in diesem Transporter sind unter meinem Kommando. Wir sind Einsatzstaffel 2. Unser Auftrag: Terroristen besetzten die nahegelegene Bohrinsel Euro Tank 3 und nahmen die vierzehn Besatzungsmitglieder als Geiseln. Wir werden eindringen, die Bohrinsel erstürmen, die Terroristen ausschalten und die Geiseln retten. Danach fliegen wir wie immer unerkannt Heim. Wir gehen folgendermaßen vor: Staffel 1 unter Kommando von Commander Hoffmann wird vor uns in einiger Entfernung von der Bohrinsel mit Schlauchbooten abspringen, und die Bohrinsel von unten angreifen. Nachdem sie das Deck gesichert haben, werden wir uns von oben abseilen und denen den Rest geben. Dies ist keine Übung. Entsichert die Waffen. Zieht die Gesichtsmasken herunter. Das Special Protection Corps wird seinen Dienst ausüben."

Shellar hörte dies wie jeder andere im Helikopter über den

Lautsprecher in seinem Helm. Der Helm besaß ebenfalls ein Mikro und eine Kamera, deren Bilder in Speicherchips im Helm für spätere Analysen aufgezeichnet wurden. Das Mikro funktionierte ebenso, aber es war lediglich eingeschaltet, wenn man einen Schalter am Helm betätigte, und zusätzlich zur reinen Aufnahmefunktion sendete es den Ton an die Teammitglieder. Somit konnten die Einsatzmitglieder miteinander kommunizieren. Das Mikro war hochgradig empfindlich, so dass man unter Umständen auch hinein flüstern vermochte.

Es begann.

Sie seilten sich über einem Feuersturm ab. Tosende Flammen züchten von unten her durch die Gitterböden des Deckes, die Terroristen hatten die Offensive des Special Protection Corps ihrerseits erwidert. Sie hatten Öl abgelassen und die schwimmenden Lachen im Meerwasser angezündet.

Es war nur eine Frage der Zeit, bis alles im Höllenfeuer zerstört sein würde. Vorher musste das Special Protection Corps die Geiseln befreien und in Sicherheit bringen. Zu diesem Zweck befand sich ein dritter Helikopter in unmittelbarer Nähe, jederzeit bereit zu intervenieren und die Geiseln mit Seilwinden aufzunehmen, von denen der Helikopter mit Vieren ausgerüstet war. Das Deck war gesichert, die Terroristen zurückgedrängt. Lediglich Schüsse aus dem Hinterhalt waren im Moment zu befürchten. Aber dafür besaß das Corps leicht gepanzerte Kleidung. Nur gezielte Schüsse auf die ungesicherten Stellen konnten tödlich wirken.

„Deck gesichert. Wir greifen an. Primäres Ziel dieser

Staffel: Die Geiseln aufspüren und schützen sowie sie an Deck bringen und der Helikopter 3 Besatzung übergeben. Auf geht es."

Lieutenant Commander Berringer stieß das Wort „Fired" ins Mikro und einstimmig antwortete der Trupp „Up" über die Kommunikationsanlage. Es war ihr Schlachtruf, jede militärische Einheit hatte einen.

Der Reihe nach, je nachdem wer den Ausgängen am nächsten war, ergriffen die Soldaten des Spezialkommandos die an den beiderseitigen Ausgängen befestigten Leinen und seilten sich daran ab, zu den Kameraden der ersten Staffel, die in der Feuersbrunst Deckung eingenommen hatten und der nun landenden Sturmtruppe den Rücken freihielt.

Shellar war an der Reihe und mit einem mulmigen Gefühl und einem starken Willen, mit dem er seine riesige Furcht unterdrückte, sprang er mit den Händen an dem Strang in die offensichtliche Hölle. Sein Pflichtbewusstsein kannte keine Grenzen. Aber das hier war ein Einsatz, nichts Unbekanntes.

Die Jealon6 im Anschlag und kein Zögern erkennbar stürmten die Angehörigen der zweiten Staffel in den Kampf. Es ging schnell und niemand machten auch nur Anstalten von Umschweifen. Mit den lauten Geräuschen von züngelnden Flammen im Ohr rannten die Soldaten direkt nach dem Abseilen auf die Ansammlung von Treppen, Stiegen und metallenen Wänden zu, einer Art Gebäudekomplex auf der Bohrinsel, in dem sich an unbekannter Stelle die Geiseln befinden mussten.

Genaue Absprachen gab es nicht, da ein Plan der Bohrinsel beim Einsatzstart nicht vorgelegen hatte. Trotzdem schien es, als wäre jeder Schritt der Soldaten geplant. Sie alle liefen in kleinen Gruppen von zwei bis drei Personen die unterschiedlichen Richtungen ab. Shellar wußte nicht recht, wozu er hier war, und was er sich eigentlich dabei gedacht hatte, sich in den Einsatz zu schleichen. Warum hatte er sich in diese Gefahr gebracht?

Nun ja, es war nicht sein erster Kampf. Und er hatte bislang alle überstanden. Teils schwer verletzt und manchmal erst im Hospital mit der endgültigen Sicherheit, dass er leben würde. Aber er hatte nie einen Gedanken daran verschwendet, dem Militär den Rücken zu kehren, und ein sichereres Leben anzutreten. Er riskierte gern sein Leben, wenn er damit einem erkennbaren höheren Ziel den Weg ebnen konnte.

Und mit Sicherheit konnte man die Rettung Unschuldiger als höheres Ziel betrachten. Auch wenn Schuldige dabei getötet wurden. Shellar lief in eine eigene Richtung. Er kletterte eine Leiter hinab. Das eigentlich kalte Metall war von der entfachten Hitze des Feuermeeres bereits erwärmt., er spürte es durch den Handschuh. Mit äußerst angespannten Nerven, leicht gebückter Haltung und dem Finger fest am Abzug, dennoch allerdings in der Lage, vor dem Abfeuern eines Schusses dank der langjährigen Erfahrung zwischen Freund und Feind zu unterscheiden, suchte er den Bereich ab, in den er eingedrungen war.

Er befand sich in einem kleinen Steuerungsraum mit etlichen Kontrollgeräten an den Wänden, aber er verschwende keine Sekunde lang damit die unzähligen Taster näher zu betrachten. Es waren zwei Türen da um ihn weiter zu bringen. Shellar entschied sich für die, die sich links, relativ zu ihm gesehen, befand. Sein Instinkt trieb ihn. Vorsichtig öffnete er die Tür, wobei er hinter der Tür kniete um einem eventuellen Gegner hinter dem Durchgang das kleinstmögliche Ziel zu bieten. Es deutete sich keinerlei Gefahr an, so dass Shellar sich langsam vortastete, sich mit dem Lauf der Waffe absichernd. Da bemerkte er wie sich die andere Tür öffnete.

Blitzschnell wandte sich sein Körper um, reflexartig und seine Gehirn reflektiere rasch die Bilder, die seine Augen ihm boten. Feind. Der bewaffnete, patronengurtbeladene selbsternannte Krieger in Davids Mündungsfeuer wurde von Einschlägen abgeschlachtet. Shellar horchte kurz in die verhältnismäßige Stille nach den Schüssen hinein, konnte aber keinen weiteren Gegner ausmachen.

Er wandte sich von seinem ursprünglich gewähltem Weg ab, und folgte der Treppe hinter der Tür, vor welcher der tote Terrorist sein nicht mehr vorhandenes Dasein gefristet hatte. Er befand sich auf einer Ebene, in der sich haufenweise große Fässer befanden, von denen er vermutete, dass sie Öl enthielten. Wenn das Feuer hier angelangte, dann wäre alles vorbei, die Bohrinsel würde dann Atlantis nachkommen und untergehen. Vorher wahrscheinlich in einer gewaltigen Explosion in den Himmel gehen.

Schnell lief er weiter, er glaubte auf dem richtigen Weg zu sein. Die Geiseln waren noch nicht gefunden, sonst wäre dies über Funk gemeldet worden. Plötzlich hörte er neben dem Rauschen des Feuersturms aus der Ferne Stimmen inmitten der sich auftuenden Gänge zwischen Containern. Shellar schlich sich an, sein Inneres war kampfentbrannt, seine lange antrainierten Reflexe waren endgültig entfesselt.

„Du verfluchter Verräter."

David schaltete schnell. Er hatte um einen Container herumgelugt, sein Sichtschutz war lediglich ein Rohr, welches vom Container weg zum Boden ging, und hinter der er seinen Kopf so gut es ging versteckte. Was er sah ließ ihn erschaudern, aber freute ihn auch. Es waren zwei Soldaten des SPC. Dies war der Grund, weshalb das Schicksal ihn in diesen Einsatz geschickt hatte. Wobei die Schuld daran streng genommen nicht das Schicksal, sondern er selbst trug.

David achtete darauf, dass seine Kamera alles aufnehmen konnte, und er riss die kleine Antenne an seinem Mikro ab, bevor er den Sprechkontakt aktivierte. Die Geräusche, die das Mikro einfing, wurden nun innerhalb seines Helmes gesichert, aber nicht über Funk gesendet. Shellar erachtete diese Methode als sicherer. Er wollte nicht ein Blutbad zwischen Verschwörern und Nichtverschwören provozieren.

„Ich kann nicht mehr so weitermachen. Ich habe nicht geglaubt, dass Ihr wirklich einen Kameraden getötet habt. Und warum es vor uns verheimlicht wurde."

„Er wollte unsere Sache verraten. Verstehst Du das nicht? Und uns wurde gesagt, wir sollten die Tat ausführen, und nicht der ganzen Gruppe mitteilen. Es wäre nicht gut gewesen."

„Wir sind ein Bund. Wie konntet Ihr jemanden aus unserem Bund töten? Wir sind die Schutzengel des Corps, wir müssen zusammenhalten. Und vor allem müssen wir gemeinsam so etwas entscheiden."

„Denk doch mal nach, er wollte uns verraten. Er wollte alles melden. Unser Bund war in Gefahr, wir mussten handeln. Und es war besser nicht alle Mitglieder des Bundes zu informieren, der Doktor befahl, es im kleinen Kreis zu halten. Seit wann wird ein Befehl diskutiert und gemeinsam entschieden."

„Ich habe den Bund mit Ihr gegründet. Susan hätte einen Mord niemals verantwortet. Wie konntet Ihr diese

Entscheidung ohne mich fällen?"

„Du kennst Sie nicht gut genug. Sie meinte, es wäre nötig. Und das war es. Der Bund wurde bereits früher gegründet. Du glaubtest wirklich von Dir? Der Bund ist überall im Corps, schon lange Zeit."

„Wir müssen damit aufhören. Es läuft in die falsche Richtung. Ich sage Euch, wir werden alles melden. Zum Schutze des Corps."

„Zum Schutze des Corps wirst Du sterben."

Shellar sprang auf und riss die Waffe hoch.

„Keine Bewegung!"

Er dachte dabei nicht. Er handelte, weil ein Leben auf dem Spiel stand, welches ihm unschuldig genug erschien um es zu schützen.

Er hatte den dritten Soldaten nicht gesehen, den er jetzt lediglich daran ausmachte, dass er einen Funken im Schatten ausmachen konnte, als sich dessen Schuss löste und David traf. Shellar wurde zurück geschleudert. Zwei weitere Schüsse ertönten, ihr Schall reflektierte von den metallenen Containerwänden in alle Richtungen.

Während sich David in Deckung hinter einen Container rollte, sah er, dass die Exekution Erfolg gehabt hatte. Die Gestalt, die so vehement bei ihrer Meinung geblieben war, auszusagen, sackte leblos zu Boden. Und Shellar wollte nicht, dass ihm selbst Ähnliches geschah.

Seine, wie zuerst angenommen, tödliche Verletzung existierte nicht, die schusssichere Weste hatte das Schlimmste verhindert. Shellar kam rasch auf die Beine und rannte los. Er war noch nicht erkannt worden, für die war er ein beliebiger Soldat, der nicht zu diesem Bund gehörte, oder der zumindest mit der Exekution nicht einverstanden gewesen war. Er musste sich lediglich zu seinem Schutz bei weiteren Soldaten einreihen, so dass sie ihn nicht finden konnte. Shellar rannte um sein Leben.

Sie waren ihm dicht auf den Fersen. Tödlich dicht, und auch wenn Shellar nicht glaubte in die Hölle zu kommen, so wollte er nicht in dieser Hölle aus entfesselten Flammen sterben. Die Suche nach den Geiseln war für ihn nicht mehr relevant. Er war auf der Flucht um sein Leben.

Es bestand nicht die Zeit die Treppe herunter zu laufen, er sprang. Die letzten Stufen erreichte er zu seinem Pech, er geriet ins Stolpern und fiel neben den Terroristen, den er zuvor erschossen hatte. Er musste nicht erst nachsehen, er wußte, dass sie hinter ihm waren.

Er kam ihn Zeitnot, welche die Distanz zwischen dem Himmel und ihm erheblich verkürzte. Doch er war noch nicht bereit diesen Weg anzutreten. Shellar zog die Leiche mit einem Arm schnell zur Seite, so dass sie ihm kurzfristig Deckung bot. Zwei Kugeln drangen in den Toten ein, während Shellar schnell davon kroch und die Tür nahm, die er vorhin nur geöffnet hatte.

Diesmal musste er eilig sein, zu eilig um sich abzusichern. Er rannte einfach drauflos, wissend, welches Risiko er einging, aber ebenfalls wissen, dass es geringer war, als das langsam zu gehen. Er kam zu einem etwa zehn Meter langen Gang, an dessen Ende er Flammen ausmachen konnte, da die Tür offen stand.

Die Richtung zu ändern war zu gefährlich, so lief er weiter. Er konnte hinter der Tür einen Gittersteg ausmachen, der quer verlief. Kurz vor der Öffnung angekommen sprang eine Gestalt in seinen Weg. Shellar ließ sich sofort zu Boden fallen, wie man es ihm vor einigen Jahren mühsam beigebracht hatte, und noch bevor er seine Waffe ausgerichtete hatte, drang eine Kugel in den Terroristen ein, der unter lauten Schmerzensschreien zu Boden sackte.

Shellar dachte nicht darüber nach, wer diesen Mann erschossen hatte, er wußte, dass es seine Verfolger gewesen waren, die es auf ihn abgesehen hatten. Er spannte seine Beine an und gab sich mit ihnen einen schnellen Stoß, so dass er gegen den Unterleib des hinunter sackenden Verwundeten stieß. Der Sterbende fiel über ihn hinweg und Shellar befand sich auf dem Gittersteg, der unterhalb des Deckes um die Bohrinsel verlief. Er saß in der Falle, hier war es ein Leichtes ihn zu jagen, unter ihm die tödlichen Feuerwellen und keine Möglichkeit nach oben zu kommen.

Und die hatten noch lange nicht aufgegeben. Die wollten seinen Skalp. Kein Zeuge durfte dies überleben. Das wussten sie genau. Sie durften keinen Wissenden in die Freiheit dringen lassen. Shellar rannte verzweifelt weiter, von hoffnungslosen Gedanken gequält.

Während des Laufes fiel ihm ein, dass die erste Staffel auch Zugang zum Deck gefunden hatte, obwohl sie mit Schlauchbooten zur Bohrinsel gekommen waren. Er überlegte nicht lange. Wenn es eine Chance gab, sein Leben zu bewahren, war er bereit diese zu nutzen. Er sprang über die Brüstung, Kugeln, die an ihm vorbei peitschten, hörend.

In voller Montur und Kampfkleidung tauchte er in das Wasser ein. Erst da bemerkte er, dass ihm das Schwimmen schwer fallen würde, bei diesem Eigengewicht. Auch wenn die Ausrüstung leicht gehalten war, so war dies ein relativer Begriff. Okay, die Jealon6 war leichter als die meisten anderen Automatikgewehre in ihrer Größenordnung, dennoch stellte sie, wie auch die Panzerung beim Schwimmen eine Behinderung dar.

Shellar war kein ausgebildeter Kampftaucher, die konnten das vielleicht, er nicht. Er hatte Mühe genug, wieder zur Oberfläche zu kommen. Dabei verlor er das Gewehr. Er spürte, dass er es kaum schaffen würde, und entledigte sich mit einigen Handgriffen Teilen seiner Ausrüstung, erschwert dadurch, dass er in dem tiefschwarzen, trüben Wasser, welches von Öl durchtränkt war, nichts sehen konnte. Nur den Helm behielt er, der trug die wertvollen Daten. Er schaffte es und tauchte auf.

Dabei geriet er inmitten der Flammen. Er spürte die sengende Hitze und die vernichtende Gewalt und sackte blindlings in die Tiefe zurück, die in den Ursprüngen der Welt als Lebensspender gesehen wird. Als er erneut auftauchte, hoffend, dass er bei seinen zappeligen Schwimmversuchen eine andere Stelle erreicht hatte, fühlte er etwas Merkwürdiges gegen das er mit dem Helm stieß und rechnete zuerst damit sich im Feuer schwere Verletzungen geholt zu haben.

Erst ein Nachfühlen mit seinen Händen ließ ihn richtiger Weise deuten, dass sich über ihm etwas Gummiertes befand. Er hatte ein Schlauchboot erreicht, mit dem die erste Staffel die Bohrinsel erstürmt hatte. Im Nachhinein unwissend wie, aber dass er es geschafft hatte, lag er kurze Zeit später auf dieser rettenden Insel. Trotzdem gab es keine Gelegenheit zu entspannen. Bald würde die Bohrinseln zum Himmel fliegen, und Shellar wollte weder Engel werden, noch hatte er ein Ticket gekauft.

Er wußte nicht, ob die Geiseln bereits gefunden waren, schließlich hatte er seinen Funkkontakt zerstört. Shellar blickte hoch und sah in knapper Entfernung ein Seil von oben herabhängen, welches am Rand des Decks befestigt war. Seine Rettung. Das Schlauchboot, welches am Rand des Flammenmeeres, das sich durch die Wasserbewegungen langsam ausbreitete, verweilte, wurde von ihm in Richtung des Seiles bewegt, in dem er leicht paddelte. Es funktionierte, er schien wahrlich einen Schutzengel zu besitzen. Kaum ergriff er das Seil sah er von oben jemanden herab rutschen.

Shellar ließ sich rücklings in das Boot fallen und suchte nach seiner Waffe, in der Hitze des Gefechtes hatte er vergessen, dass die Jealon6 auf dem Meeresboden auf ihn wartete. Die Gestalt verlangsamte ihren Absturz und setzte im Boot auf, sich noch immer an dem Strick festklammernd.

„Identifizierung!"

Shellar vernahm die Worte nicht. Zu laut waren die Störgeräusche der Kämpfe oberhalb und das Tosen des alles verzehrenden Elementes. Empfang hatte er keinen mehr, nach dem Abtrennen der Antenne.

Die Gestalt richtete ihre Waffe auf ihn. Shellar zuckte, er sah keine Möglichkeit in dieser Situation sein Veto einzulegen. Aber der Soldat schoss nicht. Shellar hob die Hände um anzuzeigen, dass er nicht bewaffnet war, dann griff er mit einer Hand an seine Maske und zog diese hoch. Die Gestalt stieg ins Boot und kniete bei ihm nieder. Shellar machte keine Anstalten eines Angriffes, von dem Soldaten schien keine Gefahr auszugehen.

„David? Was machen Sie hier?"

Er erkannte ihre Stimme und war erleichtert. Weil sie es war, Lieutenant Commander Berringer, Joana. Er beugte seinen Oberkörper zu ihr hoch, und hoffte keinen Fehler zu machen, wo er doch ihren gut geformten Po noch nicht auf Tätowierungen untersucht hatte. Aber Susan hatte auch keine gehabt. Vermutlich weil sie die Anführerin war. Oder zumindest eine Führerin.

„Soldaten des Corps haben den Mord begangen und sind hinter mir her. Ich habe jetzt die Beweise. Sie wollen mich töten. Joana, Sie müssen mich rausbringen."

Sie betrachtete ihn aufmerksam, dann nickte sie.

„Schnell, das Seil hoch."

Sie gehörte nicht zu denen. Er spürte ein Freudentaumel in seinem Inneren, dass er kaum bändigen konnte, angesichts der Aufgaben, die er hier noch tun musste. Da kamen sie. Sie kamen von unten. Sie waren schnell und hatten ihr Leben lang eine Ausbildung in diese Richtung genossen. Sie waren bereit zu töten und wollten es auch.

Es waren zwei ausgebildete Kampftaucher. Es waren die Soldaten, welche die Exekution vorgenommen hatten. Es waren die zwei, die auch den anderen Mord verübt hatten. Shellar sollte ihr drittes Opfer sein. Sie kippten das Schlauchboot um, noch bevor Shellar erfasst hatte, was geschah.

Er schlug in dem dicken Brühe um sich, verzweifelt um sein Leben kämpfend, aber er besaß gegen diese Unterwasserbestien keinerlei Chancen. Plötzlich spürte er etwas an seinem Hals, und ein stechender Schmerz überkam ihn. Ebenso unaufhaltsam, wie die Attacke gekommen war, verging sie wieder. Shellar, dem es an Luft mangelte, und den die Panik befallen hatte, tauchte eiligst auf, keine Gedanken mehr im Kopf, nur noch die reine Furcht.

Seine Hände klammerten sich um den Rand des Schlauchbootes, kraftlos wie er war, rutschte er immer wieder ab. Zwei Arme von hinten schoben sich unten seine Achseln hindurch und erfassten das Boot.

„Ich halte Dich. Ruhig, David."

Er verstand und sein Puls sank, von dem Tod nahe auf extrem hoch. Der neu erworbenen Schnittwunde an seinem Hals entsickerte Blut. Sich gemeinsam helfend, vor allem sie ihm mit ihren sehr gut ausgebildeten Fähigkeiten im kalten Nass, erreichten sie das Deck. Mit erneut vor das Gesicht gezogener Maske kletterte er an dem Seil in den Helikopter. Die einzigen, die von ihm wussten waren tot, von Berringer abgesehen, die auf seiner Seite stand.

Hier hatte er nichts mehr zu befürchten. Die Mörder hatten nichts über Funk weitergeben können, weil dies sonst alle vernommen hätten. Shellar war gerettet. Ebenso wie die Geiseln. Berringer zählte ihre Leute im Helikopter schnell durch und stellte drei Verluste fest. Zögernd verharrte sie, aber als sie bemerkte, dass ihr einer der vermummten Soldaten, den sie gerade vor der Ermordung gerettet hatte, zunickte, gab sie den Befehl zum Abflug. Drei Verluste waren korrekt.

Die Helikopter standen erneut auf dem Exerzierplatz. Müde und ausgelaugt traten zwei Staffeln des Special Protection Corps heraus und nahmen Aufstellung, die meisten wahrscheinlich nicht wissend, dass die Ehre ihres Corps beschmutzt worden war, auch wenn sie in diesem geheimnisvollen Bund Mitglieder waren.

Die Geiseln wurden mit vorab bereitgestellten Militärbussen mit den Emblemen des Vereinten Europas und den Initialen SPC, sowie dem Symbol zweier gekreuzter Schwerter, in das nächstgelegene Hospital gebracht. Erneut wurden alle Soldaten durchgezählt, danach wurden sie zu einem Trakt in dem großen Gebäudekomplex geschickt, wo sie ihre Ausrüstung ablegen konnten, und auf Verletzungen hin untersucht wurden. Shellar blieb einfach stehen, und Lieutenant Commander Berringer trat zu ihm. Als in ihrer nahen Umgebung niemand mehr mithören konnte, sprach er sie an.

„Danke, dass Du die Kampftaucher von mir abgehalten hast. Ich wäre nicht in der Lage gewesen, mich zu verteidigen."

„Die hatten wirklich geglaubt, sie könnten es mit einem vorgesetzten Offizier aufnehmen. Ich habe ihnen eine Lektion erteilt."

„Sie sind tot."

„Ja", sagte sie ruhig. Ihre dunklen brauen Augenbrauen blieben still über den nicht einmal zuckenden Lidern.

„Ich muss den Commander sprechen."

„Ich denke auch, dass die Zeit dafür gekommen ist. Gehen wir. Bist Du verletzt?"

„Ich halte durch."

Sie lächelte.

Sie verbrachten mit Commander Hoffmann die Nacht in dessen Büro, die Akten studierend, die sie aus Davids Zimmer herunter geholt hatten, und sich ebenfalls die anderen Beweise anschauend. Am nächsten Morgen begann die groß angelegte Säuberungsaktion des Special Protection Corps. Der neutrale Trupp von außerhalb, den Shellar angefordert hatte, war eingetroffen und aus der Turnhalle wurde vorübergehend ein Arrestplatz gemacht.

Sämtlichen Soldaten, die mit der Verschwörung in

Verbindung zu stehen schienen, wurden alle Waffen genommen, und mit angelegten Handschellen mussten sie auf dem Trainingshallenboden Platz nehmen, unter strenger Aufsicht der normalen Soldaten der Armee des Vereinigten Europas, die nicht minder dazu in der Lage wahren, gegen eventuelle Attacken der Häftlinge vorzugehen.

Zu den Gefangenen gehörten alle markierten Soldaten aus den Akten, bei deren Überprüfung sich bei jedem die Tätowierung finden ließ sowie Doktor Susan Walter, die als Grund für ihre Arretierung hörte: Anstiftung zum Mord in zwei Fällen und Leitung einer terroristischen Vereinigung, Wehrzersetzung, sowie weitere Verstöße gegen zahllose Militärrechtsparagraphen. Zum Glück war der letztendliche Beweis gut in Davids Helm gespeichert gewesen.

Haufenweise Befragungen aller inhaftierten Individuen ergaben erstaunliche Rückschlüsse. Viele waren nun willig zu reden, da die meisten zwar Mitläufer waren, mit den Exekutionen jedoch nichts zu tun hatten. Konfrontiert mit den Beweismitteln wirkten sie sehr desillusioniert und entsetzt und gaben rasch Auskünfte. Der Bund bestand aus den extremsten Gesinnungsangehörigen des Special Protection Corps.

„Wir waren uns stets darin einig, das Corps rein zu halten. Wir sind ehrenhafte Soldaten, wir sind voller Pflichtbewusstsein, wir sind keine Mörder."

„Sie streiten ab, an dem Mord beteiligt gewesen zu sein?"

„Wir wussten nichts von einem Mord. Wir glaubten an Selbstmord. Niemals hat unser Bund Mord in Betracht gezogen. Wir hatten alle keine bösen Absichten. Wir haben den Bund doch nur gegründet um eine noch stärkere Einheit zu bilden. Den Corps stärken und rein halten."

„Was ist mit den Soldaten des SPC, die nicht im Bund waren?'

„Mit der Zeit hätten wir auch sie bei uns aufgenommen. Verstehen Sie nicht? Uns bedeutet das Corps sehr viel. Wir alle im Bund standen weit mehr hinter dem Corps als alle anderen. Wir sind der Corps."

„Gerhardt hätte nicht sterben müssen, wenn er von einem harmlosen Privatklub hätte sprechen wollen. Was haben Sie getan, was das Militär nicht hätte dulden können?"

…

„Antworten Sie!"

„Wir akzeptierten Doktor Susan Walter als unsere Vorgesetzte und stellten sie über unsere ranghöheren Offiziere. Aber dies sollte nur solange Geltung haben, wie wir brauchen würden, um die Integrität des gesamten Corps zu sichern."

„Und weiter?"

…

„Weiter!"

„Sie verteilte neurale Drogen. Damit wurden wir leistungsfähiger."

„Illegaler Drogenmissbrauch. Das ist nicht alles. Weiter!"

„Der Bund ist stark und groß. Nicht nur dieser eine Corps. Verdammt, wir hatten die richtige Richtung eingeschlagen. Etwas lief schief."

„Ja, etwas, das man mit Macht bezeichnet."

Es dauerte lange Zeit, aber ein paar Soldaten sahen den Fehler während den Verhören ein.

„Wir dachten nicht, dass sie es missbrauchen würde, dass

einer von uns die Macht, die wir ihm gaben missbrauchen könnte. Der Bund ist überall im SPC, Doktor Susan Walter ist nicht die Führerin. Es sind Admiräle und hohe Offiziere im Bund, ebenso wie tiefer gestellte Soldaten. Im Bund sind wir stark. Ich glaube, jemand verschaffte sich die Machtstellung, welche die Politiker bei dem normalen Militär immer befürchtet hatten. Wir vom Bund bildeten eine Einheit. Doktor Walter sagte vor kurzem, als ich zur wöchentlichen privaten Besprechung bei Ihr war, die sie mit jedem Mitglied unterhielt, dass uns in kürze großes erwarten würde. Sie erweiterte ihre Bemühungen bei psychologischen Sitzungen, die jeder Angehörige des SPC machen muss, neue Mitglieder für den Bund anzuwerben. Gerhardt war bei ihr hoch angesehen. Ich glaube, sie sagte ihm, was die Führung des Bundes plante. Ich vermute, es war etwas sehr großes. Machtübernahme. Das war es wahrscheinlich. Wir wussten nichts davon. Wer weiß, wäre die Zeit gekommen, hätten wir mitgemacht. Sie hatte Gewalt über uns, auch durch die Psychodrogen. Verdammt, wir wurden benutzt. Wir werden uns dafür verantworten müssen."

„Ja, das denke ich auch."

Shellar leitete eine allgemeine Untersuchung des SPC ein. Mehr als dreißig Prozent der angehörigen Soldaten wurde wegen Verbindung zur der Verschwörung verhaftet und vor ein Militärgericht gestellt.

Die Anklage lautete 'unterwandern der Führungsebenen' und 'Beteiligung an einer europafeindlichen Verschwörung' sowie 'unerlaubter Drogenmißbrauch' und einiges mehr. Die Mitglieder, denen lediglich Mitläuferschaft bewiesen werden konnte, wurden jeweils zu fünf Jahren Haft in einem

Militärgefängnis verurteilt, Offiziere bekamen bis zu siebzehn Jahre, je nach Grad der Beteiligung an der Verschwörung. Doktor Susan Walter bekam wegen Anstiftung zum Mord und der anderen Anklagen eine neunzehnjährige Haftstrafe die sie im Militärgefängnis in Charleroi, Belgien, zu mindestens zwölf Jahren absitzen musste.

Die Befürchtung, die Verschwörung könnte einen Putsch der Regierung in naheliegender Zeit zum Ziel gehabt haben, konnte nicht bewiesen werden. Trotzdem forderten Politiker, zu deren Schutz der Special Protection Corps gebildet worden war, eine stärkere Kontrolle dieser Truppe. Zwei Monate nach Beendigung aller Ermittlungen war eine Kontrollinstanz aus zwanzig Offizieren des normalen Militärs gebildet worden, die in regelmäßigen Abständen das Special Protection Corps zu prüfen hatten.

Ein halbes Jahr später wurde Commander Shellar, der als Belobigung für seinen Einsatz zum Schutze Europa während der Ermittlungen mit seiner Beförderung geehrt worden war, in dieses Gremium versetzt. Während dieser Zeit heiratete er Lieutenant Commander Joana Berringer.

Nach einem Jahr in dem Kontrollrat wurde Commander David Shellar zum Zeitpunkt der Russlandkrise wieder in den aktiven Dienst und in das Special Protection Corps versetzt. Während eines geheimen Einsatzes in Russland verstarb seine Ehefrau, mittlerweile Commander Joana Berringer im Kampfeinsatz, kurz vor der Beendigung der Krise und der denkwürdigen Unterzeichnung des Vertrages zum Beitritt Russlands zum Vereinten Europa von Vladimir Pasternak.

Noch nach ihrem Tod wurde sie aufgrund ihres

herausragendem Mut und ihrer bewiesenen Tapferkeit zum Captain befördert. Sämtliche Umstände ihres Todes mussten auch vor ihrer Familie geheim gehalten werden, da die Kenntnis über den Einsatz nicht an die Öffentlichkeit dringen durfte.

Die Familie Berringer mangelte es an Verständnis zu dieser Handlungsweise des Schweigens, und es gab einen Bruch zwischen ihnen und ihrem Schwiegersohn, David Shellar. Commander Shellar, den nichts mehr im zivilen Leben hielt, meldete sich ein Jahr nach der Russlandkrise freiwillig zu einem geheimen militärischen Projekt, dass die Bezeichnung Erzengel trug.

Aktivierung der Heiligen

Valerie Haber und David Shellar befinden sich wieder in Europa. Die beiden haben die Explosion gelegt, damit die Verbindung dieser Bodenstation zum Control Center abgebrochen ist, so dass das CC zwar noch die Menschen überprüfen und die Handlungen analysiert kann, die Ergebnisse jedoch nicht mehr auf der Erde landen. Es wird mindestens drei Wochen brauchen, bis das Control Center wieder einsatzbereit ist, schätzt Doktor Haber.

Die Akten enthalten eine Abhandlung über die Verwendungsmöglichkeiten der neuen Technologie. Diese Daten sind zwar interessant, jedoch für die Befreiung der westlichen Welt auf den ersten Blick nicht sonderlich relevant. David will nun mit General Hoffmann Kontakt aufnehmen, Valerie weiß, wo er anzutreffen ist.

General Hoffmann befindet sich unter falscher Identität in der geschlossenen Abteilung eines bekannten europäischen Krankenhauses für Infektionskrankheiten. Hier sucht niemand nach untergetauchten Mitgliedern des alten Systems. Nicht unter den mit Seuchen befallenen Patienten. Der Dienst hatte seine Agenten an einige solcher Orte in Sicherheit gebracht.

Doktor Haber und Shellar haben es leicht, Hoffmann zu sprechen. Der zuständige Chefarzt der Abteilung ist unabhängiger Außenagent des Dienstes und informiert über das Eintreffen von Fremden, welche verlangen mit Hoffmann zu sprechen.

„Guten Tag, General Hoffmann. Ist es angenehm den gesamten Tag liegend zu verbringen?"

„Shellar, ich war auf Ihrem Begräbnis. Schön, dass Sie noch leben. Ich hoffe sehr, dass bedeutet gute Neuigkeiten, denn ich sehe nicht ein, dass mir nahegelegt wurde den Rest meines Lebens hier zu verbringen um vor Wellingtons Leuten in Sicherheit zu sein. Wenn das der einzige Grund ist, sterbe ich lieber bei einem Gegenangriff."

„Nein, General. Meine hübsche Begleitung hat die Befugnis sie zu reaktivieren. Ich denke, Sie sind bereits in die Thematik von Wellingtons Control Center eingewiesen. Ich habe die Verbindung gekappt. Es wacht nicht mehr über uns. Dies ist die Zeit für einen gezielten Gegenschlag."

„Es gab bereits eine Zeit ohne das Control Center, in der unsere Aktionen ebenfalls nichts gebracht haben."

„Sie sagten, Sie waren auf meinem Begräbnis. Die Zeit von der Sie sprechen, verlief ohne die Beteiligung eines Engels."

„Werden Sie nicht mythisch, Shellar. Die Lage ist ernst", Hoffmann war nicht zu Scherzen aufgelegt.

„Nehmen wir an, die amerikanische Regierung wäre einen Angriff lang wehrlos. Nennen Sie mir ein strategisches Einzelziel, mit dessen Einnahme wir die gesamte amerikanische Besatzung aufheben könnten, General."

Solch ein Gedankenspiel lag dem Leiter der Special Protection Corps mehr: „Denken wir militärisch, Shellar. Wir haben einen Angriff frei. Hm. Einen Rückschlag könnten wir nicht abwehren, folglich muss die Aktion sichern, dass keine Gegenattacke erfolgt. Wir müssen bei der Aktion folglich die Person ausschalten, welche den Gegenschlag befehlen könnte, und eine Person in der Hinterhand halten, welche die Besatzungsmacht zurück ordert. Das ist nicht leicht."

Valerie mischte sich ein.

„Einzig der amerikanische Präsident kann den Gegenschlag befehlen."

General Hoffmann nickte resigniert.

„Und auch nur er kann die Kapitulation ausrufen."

Shellar lächelte seicht.

„Wir haben die Lösung. Wenn der Präsident tot ist, übernimmt vorerst der Vizepräsident die Führung der Vereinigten Staaten von Amerika."

„Eine geniale Lösung, Shellar", erklang ironisch die Stimme von General Hoffmann.

„Ich meine das ernst, Hoffmann. Wir müssen einen Akt vornehmen, welcher den Amerikanern Furcht einflößt, ihnen die Moral nimmt, und die Moral unseres Volkes wieder hebt. Wir werden die Aktion planen und ausführen."

„Shellar, ich wurde eingewiesen, dass ich, falls mich hier jemals jemand mit einem Anliegen besucht, Kontakt zu einem gewissen Nikolai Rosenheim aufnehme."

Shellar runzelt unmerklich die Stirn bei Erwähnung dieses Namens. Er kennt die benannte Person, hatte bereits zweimal die Ehre mit ihm zusammen zu arbeiten. Sie sind befreundet, seit sie gemeinsam in den Tod gesehen haben. Bei ihrem ersten Aufeinandertreffen hatte der Soldat David Shellar nicht verstanden, warum ein Zivilist beim Einsatz teilnahm. Bei Shellars Einsatz im Zusammenhang mit Russlands Beitritt zur Europäischen Union, dem letzten Einsatz bei dem er Rosenheim gesehen hatte, wurde eine Institution auf David aufmerksam, die ihm das Projekt Erzengel anbot. Rosenheim arbeitete für den Dienst, die Europian Secret Division.

„Wo können wir Rosenheim finden?"

„Mir wurde gesagt, dass ich ihn im Vatikan vorfinde",

zuckt Hoffmann mit den Schultern. Er scheint dies für sehr unglaubwürdig zu halten.

Shellar und Valerie haben sich mit General Hoffmann geeinigt, dass er die anderen versteckten Mitglieder seiner Truppe reaktiviert und einen anschließenden Treffpunkt vereinbart. Mit öffentlichen Mitteln begeben sie sich zum Wohnsitz des Oberhauptes der Christlichen Kirche in Rom. Die Wachen des Vatikan öffnen ihnen beim Erwähnen des Namens Rosenheim die Pforten, und sie müssen nicht lange warten, bis der gealterte Mann erscheint.

Er ist frisch rasiert, nur wenige übersehene weiße Bartstoppeln stören das Bild. Die schneeweißen Haare sind sichtlich angeschlagen, sie lichten sich stark, und er ist mit großen Geheimratsecken gesegnet. Shellar kennt diesen Mann, aber er hat ihn jünger in Erinnerung. Rosenheim schafft es nicht zu lächeln, er weiß von der Gefährdung der Welt.

„David. Du bist durch einen langen Tunnel gelaufen. Du denkst, Du hättest das Ende erreicht, aber es ist nur sichtbar, noch dauert es einige Schritte. Ich hoffe die Öffnung des Tunnels existiert noch, wenn Du angelangt bist."

„Nikolai, wie bist Du involviert?"

„Dazu komme ich noch. Eine nette Begleitung. Sie weiß, wann es Zeit ist zu Schweigen. Hören Sie gut zu, junge Frau, wir sprechen ebenfalls über Ihre Zukunft. Du bist der gefallene Engel, David."

„Du weißt davon?"

„Ja. Das weiß ich."

„Ich habe erfahren, dass Paris wegen einer Aktion der", Gabriel stockte kurz, „… dies können wir ein anderes Mal besprechen. Ich habe das Control Center zeitweilig ausgeschaltet."

„Sehr gut, David. Wir müssen mit dem Dienst Kontakt aufnehmen."

„Ich kenne den Dienst, Nikolai. Drei Jahre hat mich der Dienst gefangen gehalten, jetzt als sie keine Lösung mehr sahen, wurde ich aufgetaut. Meine Begleitung Valerie Haber gehört dem Dienst genauso an, wie Du. Erkläre ihm, wie es um den Dienst steht, Valerie."

Valerie erwiderte den Blick des erfahrenen alten Mannes, der sich nun vollständig ihr widmete.

„Der Standort wurde gestürmt. General Price starb vor unseren Augen, wir sind knapp entkommen. Es ist sehr wahrscheinlich, dass alle stationierten Mitglieder des Dienstes tot sind. Die Europian Secret Division ist im Augenblick führungslos."

Rosenheims Augen glänzten unheimlich. Er ließ sich ansonsten keine Reaktion anmerken.

„Der Dienst ist also zerschlagen. General Price war ein guter Mann. Er hat sicherlich vorgesorgt, sonst hättet Ihr nicht zu mir gefunden."

„Der Dienst hat Außenagenten überall verstreut. Wir sollten Kontakt zu General Hoffmann aufnehmen, der uns an Dich weiterleitete, er aktiviert eine Einsatztruppe."

„Das ist gut. Wir werden die Basis der EDA in Vjern unter unsere Kontrolle bringen."

„Warum, Nikolai?"

„Ich habe mich informiert. Diese Basis ist schlecht von der Besatzungsmacht geschützt und dort hat der Dienst versteckte EDWs eingelagert. Wir werden sie anwenden."

„Du weißt, was ich vorhabe, Nikolai?"

„Möglich. Weißt Du, David, wenn General Price und der Rest der Führungselite des Dienstes tot sind, so gibt es nur eine mögliche Konsequenz."

„Die wäre, Nikolai?"

„Ich bin eng mit dem Dienst verbunden, David, viel zu eng. Ich habe zwar stets abgelehnt, aber mehrfach sollte ich bereits diese Position einnehmen. Mit dem Tod des Befehlsstabes des Dienstes bin ich der Leiter der Europian Secret Division."

ZORN DER ENGEL

Der Sturm der Basis in Vjern ist nicht viel schwerer, als Nikolai Rosenheim angenommen hatte. General Hoffmann hat eine gut ausgebildete und einsatzbereite Truppe aus Soldaten des Special Protection Corps aktiviert, welche sich nun Einlass in das militärische Sicherheitsgelände verschaffen.

Es befinden sich auf dem Stützpunkt nur wenige amerikanische Soldaten, die lapidar den Bereich absichern. Sie sterben am heutigen Tag auf europäischen Boden.

Mit Rosenheims Hintergrundwissen bergen die Soldaten die versteckt, unter dem Betonboden schlummernden Europian Defence Weaponships, welche perfekt gewartet und mit allen Waffen bestückt nun im Mondschein glänzen. Man geht nach Plan vor, und ausgesuchte Soldaten besteigen die EDWs.

„Green Leader. Kurs aufnehmen. Formation beibehalten. Angriff nur auf Befehl. Autopilot aktivieren. Kommunikation einschränken."

Die stählernen Engelstransporter durchstoßen die Luftschichten und nehmen ihr Ziel auf.

Doktor Haber steht neben dem sitzenden Nikolai Rosenheim in einer fahrenden Operationszentrale in einem großen Lastkraftwagen, sie werden von zahlreichen loyalen Soldaten geschützt, wissend, dass diese Operation alles entscheiden wird. Dadurch, dass das Control Center ausgeschaltet ist, konnten die Feinde ihre Handlung nicht im Voraus verhindern. Sie können nun nur alles daran setzen, dass die EDWs ihr Ziel nicht erreichen.

Auf dem amerikanischen Kontinent beginnen Abfangjäger zu starten, als man aus Europa die Nachricht erhält, dass EDWs den Kurs gen Westefeste halten, die ein Geschwader ATFs abgeschossen haben, welches sie aufzuhalten versuchte. Ebenso beginnt zeitgleich in den Vereinigten Staaten von Amerika eine Aktion zur Stabilisierung der Weltmachtverhältnisse durch eine globale nicht öffentliche Organisation, der World Security Organisation.

„Green Leader. Gegner auf Abfangkurs. Parameter beibehalten. Ich übernehme die Angriffswelle."

Green Leader löst sich aus der streng eingehaltenen Formation und zieht nahezu senkrecht nach unten, sich schnell der Wasseroberfläche nähernd. Er geht in einen Horizontalflug über und hält seine Kampfmaschine knapp über dem nassen Grab. Der Abstand der ATF's schrumpft. Der Todesengel stößt hoch, und bevor er gleiches Höhenniveau erreicht, hat er die Hälfte der Angreifer vernichtet. Special Commander David Shellar bahnt seinem Geschwader den Weg.

„Denken Sie, wir haben begründete Hoffnung, Herr Rosenheim?"

„In meinem Alter kann ich mir erlauben, meine Meinung unbegründet zu verteilen. Und ich kann mir erlauben, Menschen ohne Zustimmung mit ihrem Vornamen anzureden. Ich mache heute Nacht lediglich von letzterem Gebrauch. Valerie, unsere Hoffnung ist begründet. Die Amerikaner werden es nicht leicht haben, die EDWs rechtzeitig aufzuhalten."

„Ich musste gerade daran denken, was Wellington mit Australien getan hat."

„Australien. Das kann er mit Europa nicht machen, seine Truppen sind hier stationiert. Die Amerikaner würden ihn eigenhändig umbringen, wenn er ihre Truppen in dieser Zahl opfert. Wissen Sie, Valerie, um eine Welt zu retten, muss man ein großes Opfer bringen. Man muss dieses Opfer nicht sofort bringen, aber letztendlich ist es unvermeidbar. Ich hatte einmal einen Traum, einen Traum von Licht und Dunkelheit, welche das Ende der Welt herbeisehnten, da die Menschen sich in Sünde begehen. Ich sprach mit Ihnen in meinem Traum, und es gab einen geistigen und weltlichen Kampf, um den Menschen eine weitere Chance einzuräumen. In diesem Traum hatten wir das mögliche Ende nur verschoben, nicht aufgehoben. Aufheben kann das Ende nur ein Opfer. Aber ich habe Hoffnung für diese Welt, Valerie, das Opfer wurde bereits dargeboten. Es war grauenvoll und unmenschlich, aber ein nötiges Opfer, auf das wir keinen Einfluss hatten. Ohne dieses Opfer wären wir heute nicht in der Lage, das absehbare Ende der Welt aufzuhalten."

„Sie sprechen seltsam, aber ich denke, ich verstehe, was Sie damit sagen wollen. Immerhin scheinen Sie auch für den Vatikan zu arbeiten. Sie sehen in Wellington das Ende der Welt und sehen Paris als Opferung."

„Wellington bedeutet das Ende der Welt. Er wird alle Menschen versklaven und besitzt irgendwann keine Kontrolle mehr über seine Macht. Damit wird er diese Welt vernichten, so wie vor einigen Jahren Paris vernichtet wurde. Paris war ein Opfer. Paris hat Gabriel erzeugt, und ohne den Engel wäre Wellington unschlagbar. Die Außenwelt ist mit unserer verzahnt. Das Mythische steht in Wechselwirkung mit der Realität. Alles lässt sich von zwei Seiten betrachten, mit beiden Ansichten kommt man zum Ziel, Valerie. Merken Sie sich das für die Zukunft. Ich werde mich nicht mehr lange auf dieser Welt befinden, meine letzte Aufgabe ist es, dieses Weltende abzuwenden, und den Frieden zu sichern, indem ich die Führung des Dienstes übernehme, und ihn wieder einsatzfähig herrichte, damit er Europa und die ganze Welt schützen kann. Die ganze Welt in Zusammenarbeit mit einer anderen Organisation, die in der heutigen Nacht mit uns kämpft."

Das Team der World Security Organisation steht vor dem Abschluss seines Einsatzes und befindet sich auf dem vorbestimmten Rückzug, während die EDWs die taktische Einsatzreichweite erreicht haben.

„Green Leader. Angriffsbefehl. Ziel aufnehmen. Keine Bestätigung erwartet. Nuklearwaffen frei."

Eine computergenerierte Stimme.

„Waffensysteme entsichert."

„Sicherheitscodeeingabe erwartet."

„Atomare Waffensysteme entsichert."

„Atomare Waffensysteme ausgerichtet."

„Abschuss erneut bestätigen."

„Abschuss bestätigt. Abschuss erfolgt."

Und er nähert sich. Der Tod. Abermals. Mit einem, mehreren, anderen Zielen als damals.

„Sir, ich habe Bestätigung."

Nikolai Rosenheim dreht den Stuhl und wendet sich

erschöpft zu dem Soldaten, der vor dem entscheidenden Terminal seinen Dienst tut. Jehlodwahn brauchte dringend neue Lebenskraft, es war Zeit für ihn, diese Welt endgültig zu verlassen und anderwärts reinkarniert zu werden.

„Berichten Sie.‟

„Zwei der taktischen Nuklearwaffen wurden vor dem Zieleintreffen vernichtet. Die anderen sechs sind im Ziel detoniert. Das Primärziel wurde getroffen, sowie vier Sekundärziele.‟

Niemand klatscht, es bricht keine Freude aus. Die Hoffnungen sind erfüllt, aber der Preis ist hoch. Sechs Nuklearwaffen haben ihr Ziel erreicht. Millionen von Menschen sind tot. Viel mehr verseucht. Der Preis ist zu hoch um sich offensichtlich zu freuen.

„Sir, die WSO hat mir gerade bestätigt, dass sie ihren Einsatz abgeschlossen hat.‟

Nikolai Rosenheim spürt ein Gefühl der Erleichterung, jedoch ebenfalls Unsicherheit ob er richtig gehandelt hat.

Der von einer unbekannten Gruppe entführte und verschleppte Vizepräsident Hanson betritt, nach der niemals publik gewordenen Aktion der geheimen globalen Institution namens World Security Organisation, verstört den stets mit hektisch arbeitenden Menschen gefüllten Komplex einer großen amerikanischen Mediengesellschaft.

Er verkündet im Laufe dieser Nacht vor laufenden Kameras die bedingungslose Kapitulation der amerikanischen Regierung. Seine Überforderung ist ihm dank geschickter Maskenbildner nicht anzusehen. Auf diesem Wege weist er ebenfalls die in Europa stationierten amerikanischen Truppenteile an, ihre Waffen niederzulegen und auf eine baldige Heimkehr zu warten. Dass er von unbekannten Fremden, welche seine Familie in ihrer Gewalt haben, eingeschüchtert worden ist, erwähnt er nicht.

In den nächsten Tagen wird Bridger Gates erneut zum amtierenden Präsidenten der Vereinigten Staaten von Amerika aufgerufen. Seine erste Amtshandlung ist die Rückführung der fernen Armee und der Kampf gegen die partielle Strahlungsverseuchung, langfristig gesehen der Wiederaufbau der Auslandskontakte, die halbherzige Abrüstung und die Stabilisierung der amerikanischen Wirtschaft.

Die neue Technologie wird eingedämmt und einem internationalen Forschungsteam zur Verfügung gestellt, auf das die WSO insgeheim viel Einfluss ausübt. In Europa stellt sich eine funktionierende Regierung auf Basis der ehemaligen neu zusammen, und Nikolai Rosenheim organisiert den Dienst im Untergrund zu einer effektiven Einheit. Die Europian Secret Division nimmt wieder inoffiziell ihren Dienst auf.

Der Weg zu einer Welt voller Toleranz und Frieden für alle Lebenden im Gedenken an die Toten beginnt hier und heute. Das Ende steht erst noch bevor.

Anmerkung des Autors:

Mehr über die Aktivitäten der Europian Secret Division lernen wir in dem Roman „Tote Träumer", der vor und nach den hier beschriebenen Geschehnissen spielt, mehr über die mystische Gestalt namens Nikolai Rosenheim in „Tote Seelen".

EPILOG

Die tatsächliche Existenz außerirdischen Lebens wird geleugnet, verschleiert und nicht aufgeklärt, die neue Technologie als kürzlich neu entdeckt dargestellt, und Dean Wellington als Psychopath bezeichnet. Anhand unterschwelliger Beeinflussung werden die Menschen langsam wieder reharmonisiert und von den freiheitsfeindlichen Gedanken abgebracht.

Die neue Technologie wird in ferner Zukunft die Herstellung eines Generationsschiffes erlauben, in dem Menschen durch das All reisen und leben können, sich fortpflanzen und erst spätere Nachfahren, welche die Erde niemals kannten, einmal andere Planeten sehen werden. So zumindest ein Traumbild, das einige Medien spinnen.

Die Fakten werden der Öffentlichkeit nicht mitgeteilt, die neue Technologie größtenteils zurückgehalten und erst nach und nach als neue Forschungsergebnisse auf dem Weltmarkt eingeführt. Es dauert, aber das Leben normalisiert sich und der Glaube an fremde Wesen und Welten erlischt allmählich wieder, selbst die Medien stellen irgendwann die Berichteüber den Fortschritt unbekannter Herkunft ein:

Militärische Ränge der Europian Defence Army

Geltend für alle Truppenteile, nach der Neugliederung bei Einführung der EDA. Es werden Befehlsränge und Funktionsränge unterschieden sowie Active/Passive Dienstränge.

Aktiv / Passiv

Soldaten mit einem Aktiv-Dienstrang können in Kampfeinsätzen eingesetzt werden. Passiv-Dienstränge erfüllen nur Aufgaben der Planung und Befehlsgebung, sie sind vom direkten Kampfgeschehen auszuschließen.

Befehlsränge

Soldaten mit Befehlsrängen haben befehlsgebende Gewalt. Sie sind für die Leitung von Team, Einheiten und Verbänden zuständig, oder handeln eigenverantwortlich ohne eine Gruppenzugehörigkeit. Prime Commander und General sind ausschließlich Passiv-Dienstränge.

Prime Commander
General (Prime Admiral bei Marine)
Colonel (Admiral bei Marine)
Major (Prime Captain bei Marine)
Captain
Commander (Commander First Degree)
Lieutenant Commander (Commander Second Degree)
Lieutenant

Funktionsränge

Funktionsränge sind ausschließlich Aktiv-Dienstränge. Soldaten der Funktionsränge dürfen nicht eigenverantwortlich handeln oder als Team-, Einheiten-, oder Verbandsleiter eingesetzt werden. Soldaten dieser Ränge dienen als Befehlsausführer und gehören nicht in die befehlsgebende Struktur. Sie sind nur berechtigt anderen Funktionsrängen (auch höher gestellte) Befehle zu erteilen, wenn sie dazu von einem Befehlsrang temporär ermächtigt wurden.

Prime Ranger
Ranger
Prime Archer
Archer
Prime Scout (gehobene Mannschaft)
Scout (Mannschaft)
Private (Rekruten)

Befehlsgewalt

Nur Befehlsränge dürfen Befehle aussprechen. Funktionsränge haben lediglich das Recht zu befehligen, wenn ein Befehlsrang sie dazu ermächtigt hat, oder wenn momentan kein Befehlsrang innerhalb eines Teams, einer Einheit oder eines Verbandes, vorhanden ist. In diesem Fall übernimmt der ranghöchste Soldat der vorhandenen Funktionsränge automatisch das Kommando, es sei denn, ein Befehlsrang hat für diesen Fall einen rangniedrigeren Soldaten bestimmt. Innerhalb der befehlsgebenden Ränge gilt die Befehlsstruktur von oben nach unten. Ausnahmen sind Befehle von Befehlsrängen niedrigeren Grades, wenn sie aufgrund ihrer Einheitenzugehörigkeit über höhere Befehlsgewalt verfügen, oder Befehle von höheren Rängen zu überbringen haben. Dazu gehören z.b. Befehlsränge aus den Streitkräfteführungsstäben, aus dem Heeresführungskommando, oder aus den Strategisch/Taktischen Einheiten.

Befehlsverweigerung

Wenn ein Soldat einen Befehl verweigert, darf er nicht zur Ausführung gezwungen, sondern lediglich unter temporäre Arrest gestellt werden. In diesem Fall erfolgt eine Klärung durch Europian Command, wenn Befehlsgeber oder Verweigerer eine förmliche Anzeige einreichen. Der Verweigerer darf nicht an der Anzeige gehindert, sondern es muss ihm ermöglicht werden. Widersprach der Befehl geltenden Gesetzen wird der Befehlsgeber verklagt, ansonsten der Befehlsverweigerer. Beiden drohen im Falle einer Verurteilung lange Haftstrafen oder die unehrenhafte Entlassung. Detaillierte Informationen siehe Militärgesetzbuch EDA.

Beschwerden

Beschwerden über übergeordnete Dienstränge müssen nicht mit der Konsequenz einer Militärgerichtsverhandlung an Europian Command erfolgen, sondern können ebenfalls an einen Dienstrang erfolgen, welcher Team-, Einheiten-, oder Verbandsleiter des Beschuldigten ist. Dieser kann nach eigenem Ermessen die Beschwerde beurteilen und Konsequenzen im Rahmen der geltenden Gesetze ziehen (beispielsweise Versetzung oder Degradierung des Beschuldigten). Beschwerden über untergeordnete Dienstränge können nur förmlich über Europian Command erfolgen.

<HTTP://WWW.OLIVER-SZYMANSKI.DE>

AUSZUG WEITERER ROMANE

AUS DER REIHE: DER DEUTSCHE
NYC 9.11. Der Plan danach

AUS DER REIHE: UNDERWORLD'S CHILDREN
Nacirons Vampire: Sakrileg
Nacirons Vampire: Blutlinie
Nacirons Vampire: Himmelfahrt

AUS DER REIHE: WHODUNIT
Liebesakt

AUS DER REIHE: EUROPEAN DIVISION
Tote Träumer
Tote Helden
Tote Seelen

AUS DER REIHE: AKADEMIA ARKANIA
Der Sohn des Wolfgängers

AUS DER REIHE: MIDWINTER CHRONIKEN
Die Elfen der Sha'anaar
Die Götter der Elfen